es 1438
edition suhrkamp
Neue Folge Band 438

Dieser Band enthält alle in Buchform erschienenen Gedichte: die Sammlungen *Kammermusik* (1907) und *Pöme Pennysstück* (1927); die *Verstreuten Gedichte*, darunter die *Fragmentarische Jugendlyrik* (1900–1904); die Verssatiren *Das heilige Offizium* und *Gas von einem Brenner;* die *Gelegenheitsverse* (1902–1937). Richard Ellmann vermerkt in seiner umfassenden Joyce-Biografie, daß sich Joyce als »junger Poet« selbst nicht im klaren war über seine Gedichte. »Die Hauptquelle dieser Unklarheit war, daß er es seinem Landsmann Yeats nicht im entferntesten gleichtun konnte, dessen Gedichte aus *Wind among the Reeds* (*Wind im Schilf*) seine höchste Bewunderung erregt hatten, als sie 1899 erschienen waren.«

Aufgenommen wurde in diesen Band außerdem das einzige übersetzte Kapitel aus *Finnegans Wake,* »Anna Livia Plurabelle«, im Originaltext und in zwei Übertragungen, der von Wolfgang Hildesheimer und der von Hans Wollschläger.

James Joyce
Gesammelte Gedichte

Englisch und Deutsch

Übersetzt von Hans Wollschläger

Anna Livia Plurabelle

Englisch und Deutsch

Übersetzt von Wolfgang Hildesheimer
und Hans Wollschläger

Suhrkamp

Die vorliegende Ausgabe erschien zum erstenmal 1981
als Band 4.2. der von Klaus Reichert unter Mitwirkung
von Fritz Senn betreuten Frankfurter Ausgabe
der Werke James Joyces.

edition suhrkamp 1438
Neue Folge Band 438
Erste Auflage dieser Ausgabe 1987

Druck: Nomos Verlagsgesellschaft, Baden-Baden
Umschlagentwurf: Willy Fleckhaus
Printed in Germany

3 4 5 6 7 8 – 05 04 03 02 01 00

Chamber Music
Kammermusik

(1907)

I

Strings in the earth and air
   Make music sweet;
Strings by the river where
   The willows meet.

There's music along the river
   For Love wanders there,
Pale flowers on his mantle,
   Dark leaves on his hair.

All softly playing,
   With head to the music bent,
And fingers straying
   Upon an instrument.

I

Saiten in Erd und Luft
  Machen süße Musik;
Saiten am Fluß, wo Duft
  Um der Weiden Gewieg.

Musik erklingt an den Wassern:
  Ein Liebender geht,
Im Haar dunkle Blätter, den Mantel
  Von Blüten umweht.

Ein spielendes Schwirren
  Die Sinne ihm leise dehnt,
Und Finger irren
  Auf einem Instrument.

II

The twilight turns from amethyst
To deep and deeper blue,
The lamp fills with a pale green glow
The trees of the avenue.

The old piano plays an air,
Sedate and slow and gay;
She bends upon the yellow keys,
Her head inclines this way.

Shy thoughts and grave wide eyes and hands
That wander as they list –
The twilight turns to darker blue
With lights of amethyst.

II

Das Zwielicht dunkelt von Amethyst
Zu tief- und tieferem Blau;
Die Lampe erfüllt mit grünlichem Glühn
Die Straßenbäume lau.

Das alte Klavier ein Liedchen spielt,
Ganz langsam, still, und schweigt;
Sie beugt sich über die Tasten gelb,
Den Kopf herübergeneigt.

Scheu Augen, geweitet über der Hand,
Die wandernd voll Lauschens ist –
Das Zwielicht vertieft sich zu dunklerem Blau
Mit Lichtern von Amethyst.

III

At that hour when all things have repose,
O lonely watcher of the skies,
Do you hear the night wind and the sighs
Of harps playing unto Love to unclose
The pale gates of sunrise?

When all things repose do you alone
Awake to hear the sweet harps play
To Love before him on his way,
And the night wind answering in antiphon
Till night is overgone?

Play on, invisible harps, unto Love
Whose way in heaven is aglow
At that hour when soft lights come and go,
Soft sweet music in the air above
And in the earth below.

III

Zu der Stunde, da alles der Schlummer hält,
Hörst du, der nun einsam gen Himmel schaut,
Im Nachtwind der seufzenden Harfen Laut,
Die der Liebe rufen, daß endlich der Welt
Neu ein Sonnenmorgen graut?

Da alles in Schlummer noch, wachst du schon,
Zu hören der süßen Harfen Spiel
Vor der Liebe auf ihrem Weg zum Ziel
Und des Nachtwinds flüsternde Antiphon,
Bis der Nacht Überwindung ihr Lohn?

Spielt fort, ihr Harfen, der Liebe ruft,
Deren Himmelsweg eine glühende Zier
Zu der Stunde, in sanfter Lichter Spalier,
Sanft süße Musik hoch droben in Luft
Und auf der Erde hier.

IV

When the shy star goes forth in heaven
   All maidenly, disconsolate,
Hear you amid the drowsy even
   One who is singing by your gate.
His song is softer than the dew
   And he is come to visit you.

O bend no more in revery
   When he at eventide is calling
Nor muse: Who may this singer be
   Whose song about my heart is falling?
Know you by this, the lover's chant,
   'Tis I that am your visitant.

IV

Wenn hoch am Himmel zieht der Stern
  So mädchenscheu, untröstlich schier,
Hörst aus dem schläfrigen Abend fern
  Du Einen, der singt vor deiner Tür.
Sein Lied kommt leiser als das Taun,
  Und er ist da, um dich zu schaun.

O senk dich nicht in Träumerein,
  Wenn seine Töne dich bedrängen,
Noch sinne: Wer mag dieser Sänger sein,
  Dess' Lied mir will das Herz beengen?
Lausch nur dem Liebesklang darin,
  So weißt du, daß ich dein Besucher bin.

V

Lean out of the window,
Goldenhair,
I heard you singing
A merry air.

My book is closed,
I read no more,
Watching the fire dance
On the floor.

I have left my book:
I have left my room:
For I heard you singing
Through the gloom,

Singing and singing
A merry air.
Lean out of the window,
Goldenhair.

V

Beug aus dem Fenster dich,
  Lockengold,
Ich hörte dich singen
  Ein Lied so hold.

Mein Buch ist geschlossen,
  Ich lese nicht mehr,
Seh tanzen am Boden
  Ein Flammenheer.

Ich verließ mein Buch:
  Ich verließ mein Gemach:
Denn ich hörte dich singen
  Im Dunkel wach,

Singen und singen
  Ein Lied so hold.
Beug aus dem Fenster dich,
  Lockengold.

VI

I would in that sweet bosom be
   (O sweet it is and fair it is!)
Where no rude wind might visit me.
   Because of sad austerities
I would in that sweet bosom be.

I would be ever in that heart
   (O soft I knock and soft entreat her!)
Where only peace might be my part.
   Austerities were all the sweeter
So I were ever in that heart.

VI

In jenem Busen möcht ich sein
 (O süß ist er und schön ist er!)
Wo kein rauher Wind dräng auf mich ein.
 Weil Not mich hält und viel Beschwer,
Möcht ich in jenem Busen sein.

Ich möcht in jenem Herzen sein
 (O leis mein Klopfen, sanft mein Flehen!)
Wo nur noch Friede wäre mein.
 All meine Not müßt mir vergehen,
Könnt ich in jenem Herzen sein.

VII

My love is in a light attire
  Among the appletrees
Where the gay winds do most desire
  To run in companies.

There, where the gay winds stay to woo
  The young leaves as they pass,
My love goes slowly, bending to
  Her shadow on the grass;

And where the sky's a pale blue cup
  Over the laughing land,
My love goes lightly, holding up
  Her dress with dainty hand.

VII

Mein Liebchen seh ich in leichtem Kleid
  Unter Apfelbäumen gehn,
Wo die lustigen Winde voll Lüsternheit
  Gern in Gesellschaft wehn.

Wo die Winde umwerben in flüchtiger Hast
  Die jungen Blätter so wild,
Geht langsam mein Lieb und betrachtet erblaßt
  Im Gras ihr Schattenbild.

Und wo der Himmel ein Becher ist,
  Blaßblau über lachendem Land,
Geht leicht mein Lieb und hält voller List
  Ihr Kleid mit zierlicher Hand.

Who goes amid the green wood
  With springtide all adorning her?
Who goes amid the merry green wood
  To make it merrier?

Who passes in the sunlight
  By ways that know the light footfall?
Who passes in the sweet sunlight
  With mien so virginal?

The ways of all the woodland
  Gleam with a soft and golden fire –
For whom does all the sunny woodland
  Carry so brave attire?

O, it is for my true love
  The woods their rich apparel wear –
O, it is for my own true love,
  That is so young and fair.

VIII

Wer geht im grünen Wald,
  Im Schmuck der hellen Frühlingszeit?
Wer geht im fröhlichen grünen Wald,
  Zu mehrn seine Fröhlichkeit?

Wer schreitet dahin im Sonnlicht
  Den Weg, dem leichter Schritt vertraut?
Wer schreitet dahin im süßen Sonnlicht,
  So strahlend wie eine Braut?

Die Wege durch all das Waldland,
  Sie leuchten in sanftem und goldenem Feuer
Für wen trägt all das sonnige Waldland
  Ein Kleid, so köstlich und teuer?

Ah, 's ist für mein teures Liebchen,
  Daß die Wälder im reichen Schmucke stehn –
Ah, 's ist für mein einzig teures Liebchen,
  Das ist so jung und schön.

IX

Winds of May, that dance on the sea,
Dancing a ringaround in glee
From furrow to furrow, while overhead
The foam flies up to be garlanded
In silvery arches spanning the air,
Saw you my true love anywhere?
    Welladay! Welladay!
    For the winds of May!
Love is unhappy when love is away!

IX

Maienwind, tanzend hin über das Meer,
Tanzend im Ringelreihn lustig daher,
Von Furche zu Furche, derweil hoch droben
Der Schaum fliegt auf, zu Girlanden verwoben
In silbrigen Bögen, durchspannend dein Wehn –
Hast irgendwo du mein Liebchen gesehn?
    Maienwind! Maienwind!
    Wehst so geschwind!
Liebe wird Unglück, wenn Liebe verrinnt!

X

Bright cap and streamers,
He sings in the hollow:
Come follow, come follow,
All you that love.
Leave dreams to the dreamers
That will not after,
That song and laughter
Do nothing move.

With ribbons streaming
He sings the bolder;
In troop at his shoulder
The wild bees hum.
And the time of dreaming
Dreams is over –
As lover to lover,
Sweetheart, I come.

X

Hell unter Bäumen
  Singt er mit Schalle:
  Kommt, folgt mir alle,
    Die Liebe ihr spürt!
Laßt Träumern das Träumen,
  Die doch nie erwachen,
  Die Lieder und Lachen
    Noch nimmer gerührt.

Und hin ohne Säumen
  Geht er mit Singen;
  Und Bienen umringen
    Ihn wild im Verein.
Vorüber das Träumen,
  Das lang uns nur trübte –
  Ich komme, Geliebte,
    Dein Liebster zu sein!

XI

Bid adieu, adieu, adieu,
   Bid adieu to girlish days.
Happy Love is come to woo
   Thee and woo thy girlish ways –
The zone that doth become thee fair,
The snood upon thy yellow hair,

When thou hast heard his name upon
   The bugles of the cherubim
Begin thou softly to unzone
   Thy girlish bosom unto him
And softly to undo the snood
That is the sign of maidenhood.

XI

Sag ade und gib dich drein,
  Sag ade der Mädchenzeit:
Liebe kam, um dich zu frein,
  Dich und deine Mädchenheit –
Den Gürtel, der dir Zierde war,
Das Stirnband um dein gelbes Haar.

Wenn dir sein Name dann erschallt
  Im Hörnerklang der Cherubim,
So löse sanft des Gürtels Halt,
  Enthüll den Mädchenbusen ihm
Und mach ihm auch das Stirnband weit,
Das Zeichen der Jungfräulichkeit.

XII

What counsel has the hooded moon
  Put in thy heart, my shyly sweet,
Of Love in ancient plenilune,
  Glory and stars beneath his feet –
A sage that is but kith and kin
With the comedian capuchin?

Believe me rather that am wise
  In disregard of the divine.
A glory kindles in those eyes,
  Trembles to starlight. Mine, O mine!
No more be tears in moon or mist
For thee, sweet sentimentalist.

XII

Was hat dir der verkappte Mond
   Ins Herz geflüstert, scheues Kind,
Von Liebe, die im Vollmond wohnt,
   Von Sternen, die ihm Diener sind –
Ein Weiser, dem an List verwandt
Der Kapuziner-Komödiant?

Glaub lieber mir, dem weisern Mann,
   Dem Göttliches geringe gilt:
In diesen Augen – schau sie an –
   Erzittert wahr ein Sternenbild!
Nie wieder mache tränenblind
Der Mond dich, süß gefühlig Kind!

XIII

Go seek her out all courteously
   And say I come,
Wind of spices whose song is ever
   Epithalamium.
O, hurry over the dark lands
   And run upon the sea
For seas and lands shall not divide us,
   My love and me.

Now, wind, of your good courtesy
   I pray you go
And come into her little garden
   And sing at her window;
Singing: The bridal wind is blowing
   For Love is at his noon;
And soon will your true love be with you;
   Soon, O soon.

Geht, sucht sie artig mir und sagt,
    Ich harre lang,
Ihr würzigen Winde, deren Lied
    Ein Hochzeitssang!
Eilt über die dunklen Lande hin
    Und lauft hin über die See,
Denn See und Lande solln trennen uns
    Nun nimmermeh'.

So, mit Verlaub denn, weile, Wind,
    Nicht länger hier,
Und kommst du in ein Gärtlein klein,
    So sing am Fenster ihr –
Sing: Sieh, der Brautwind sagt dir an
    Der Liebe hohe Zeit;
Bald wird dein Liebster bei dir sein,
    O sei bereit!

XIV

My dove, my beautiful one,
  Arise, arise!
  The nightdew lies
Upon my lips and eyes.

The odorous winds are weaving
  A music of sighs:
  Arise, arise,
My dove, my beautiful one!

I wait by the cedar tree,
  My sister, my love.
  White breast of the dove,
My breast shall be your bed.

The pale dew lies
  Like a veil on my head.
  My fair one, my fair dove,
Arise, arise!

XIV

Mein Täubchen, mein schönes du,
Auf, schlummre nicht!
Der Nachttau dicht
Bedeckt schon mein Gesicht.

Die duftenden Winde weben
Aus Seufzern Musik:
Schlummre nicht, flieg,
Mein Täubchen, mein schönes du!

Ich warte am Zedernhain,
Meine Schwester, meine Lust.
Weiße Taubenbrust,
Meine Brust dein Bett soll sein.

Der Tau, blaß und licht,
Hüllt den Kopf mir ein.
Du mein Täubchen, mein schönes,
Auf, schlummre nicht!

XV

From dewy dreams, my soul, arise,
From love's deep slumber and from death,
For lo! the trees are full of sighs
Whose leaves the morn admonisheth.

Eastward the gradual dawn prevails
Where softly burning fires appear,
Making to tremble all those veils
Of grey and golden gossamer.

While sweetly, gently, secretly,
The flowery bells of morn are stirred
And the wise choirs of faery
Begin (innumerous!) to be heard.

XV

Steh auf, mein Seel, aus tauigem Traum,
  Aus Tod und tiefem Liebesschlaf,
Denn sieh! voll Seufzer hängt der Baum,
  Dess' Laub des Morgens Mahnung traf.

Im Osten dämmert's hinterm Berg,
  Sanft glühend wie von Feuerschein,
Läßt zittern all das Schleierwerk
  Aus Sommerfäden, golden fein.

Derweilen, süß und sanft sonor,
  Wind an die Blumenglocken rührt,
Und weiser Elfenstimmen Chor
  (Unzählig!) jedes Ohr verführt.

XVI

O cool is the valley now
   And there, love, will we go
For many a choir is singing now
   Where Love did sometime go.
And hear you not the thrushes calling,
   Calling us away?
O cool and pleasant is the valley
   And there, love, will we stay.

XVI

Wie kühle doch das Tal ist nun –
   Dort wolln, mein Lieb, wir gehn,
Denn manch ein Chor singt leise nun,
   Wo Liebe oft tät gehn.
Und hörst du nicht die Drosseln rufen,
   Rufen uns von hier?
Wie kühl und freundlich ist das Tal –
   Dort, Lieb, wolln bleiben wir.

XVII

Because your voice was at my side
  I gave him pain,
Because within my hand I held
  Your hand again.

There is no word nor any sign
  Can make amend –
He is a stranger to me now
  Who was my friend.

XVII

Weil deine Stimme bei mir war,
Er Schmerz nun fühlt,
Denn deine Hand in meiner Hand
Ich wieder hielt.

Kein Zeichen mehr und auch kein Wort
Macht's ungeschehn –
Er ist ein Fremder mir, den ich
Als Freund gesehn.

XVIII

O sweetheart, hear you
  Your lover's tale;
A man shall have sorrow
  When friends him fail.

For he shall know then
  Friends be untrue
And a little ashes
  Their words come to.

But one unto him
  Will softly move
And softly woo him
  In ways of love.

His hand is under
  Her smooth round breast;
So he who has sorrow
  Shall have rest.

XVIII

O Liebling, höre
Des Liebsten Geschicht:
Ein Mann muß sich grämen,
Wenn Freundestreu bricht.

Denn er weiß dann, daß Freunde
Auch untreu sind
Und ihre Worte
Wie Asche im Wind.

Doch Eine bewährt sich
Und naht ihm zart,
Umwirbt ihn zärtlich
Auf liebe Art.

Seine Hand liegt unter
Weichrunder Brust:
Dem Gram geworden,
Wird Ruhe und Lust.

XIX

Be not sad because all men
    Prefer a lying clamour before you:
Sweetheart, be at peace again –
    Can they dishonour you?

They are sadder than all tears;
    Their lives ascend as a continual sigh.
Proudly answer to their tears:
    As they deny, deny.

XIX

Traure nicht, weil alle Welt
  Dir unentwegt nur Lügenlärm beschert:
Wenn's den Menschen so gefällt –
  Wirst du davon entehrt?

Trauriger als alle Tränen
  Verläuft ihr Leben, ein beständig Ach.
Stolz antworte ihren Tränen –
  Sag nein, tu's ihnen nach!

XX

In the dark pinewood
   I would we lay,
In deep cool shadow
   At noon of day.

How sweet to lie there,
   Sweet to kiss,
Where the great pine forest
   Enaisled is!

Thy kiss descending
   Sweeter were
With a soft tumult
   Of thy hair.

O, unto the pinewood
   At noon of day
Come with me now,
   Sweet love, away.

XX

Ich wollte, wir könnten
  Im Fichtenwald sein,
Im tiefkühlen Schatten
  Zu Mittag, allein.

Wie süß, dort zu liegen,
  Zu küssen uns traut,
Wo aus riesigen Fichten
  Ein Walddom erbaut.

Dein Küssen, sich neigend,
  Noch süßer wär's
Im sanften Getümmel
  Deines Haars.

Oh, zu den Fichten
  Am Mittag, allein,
Komm mit mir, Lieb,
  Dort wollen wir sein.

XXI

He who hath glory lost nor hath
Found any soul to fellow his,
Among his foes in scorn and wrath
Holding to ancient nobleness,
That high unconsortable one –
His love is his companion.

XXI

Wem keine Seele freund in Not,
  Wer allen Ruhm gegeben hin
Und trotz der Feinde Grimm und Spott
  Festhält an altem Edelsinn –
Ein solcher Mann, gefährtenlos,
Hat doch die Liebe zum Genoß.

XXII

Of that so sweet imprisonment
   My soul, dearest, is fain –
Soft arms that woo me to relent
   And woo me to detain.
Ah, could they ever hold me there,
Gladly were I a prisoner!

Dearest, through interwoven arms
   By love made tremulous,
That night allures me where alarms
   Nowise may trouble us
But sleep to dreamier sleep be wed
Where soul with soul lies prisoned.

XXII

So himmlischer Gefangenschaft
   Freut meine Seel sich still –
In Armen, deren sanfte Haft
   Ergebung ist und will.
Ah, schlössen sie mich ewig ein,
Wie gern wollt ich Gefangner sein!

Liebste, so Arm verstrickt mit Arm,
   Von Liebe zitternd schwach,
Verlockt die Nacht mich, da kein Harm
   Uns schüfe Ungemach,
Da Schlummer sich in Traumschlaf schmiegt
Und Seel bei Seel gefangen liegt.

XXIII

This heart that flutters near my heart
   My hope and all my riches is,
Unhappy when we draw apart
   And happy between kiss and kiss;
My hope and all my riches – yes! –
And all my happiness.

For there, as in some mossy nest
   The wrens will divers treasures keep,
I laid those treasures I possessed
   Ere that mine eyes had learned to weep.
Shall we not be as wise as they
Though love live but a day?

XXIII

Dies Herz, das mir am Herzen fühlt,
  Ist all mein Reichtum und Genuß,
Unglücklich, wenn's zu scheiden gilt,
  Und glücklich zwischen Kuß und Kuß;
Mein Reichtum und Genuß – fürwahr! –
Mein Glück nun immerdar.

Denn dorthin, wie ins Moosversteck
  Der Zaunschnerz viele Schätze ernt't,
Gab meine Schätze ich schon weg,
  Eh Weinen noch mein Aug gelernt.
Solln wir nicht weise sein wie er,
Wenn Lieb auch kurz nur wär?

XXIV

Silently she's combing,
   Combing her long hair,
Silently and graciously,
   With many a pretty air.

The sun is in the willow leaves
   And on the dappled grass
And still she's combing her long hair
   Before the lookingglass.

I pray you, cease to comb out,
   Comb out your long hair,
For I have heard of witchery
   Under a pretty air,

That makes as one thing to the lover
   Staying and going hence,
All fair, with many a pretty air
   And many a negligence.

XXIV

Schweigend sitzt sie, kämmt sich,
  Kämmt ihr langes Haar;
Schweigend bietet, anmutsvoll,
  Sie ihr Lächeln dar.

Die Sonne liegt im Weidenlaub,
  Auf buntgescheckten Gras,
Und sie, sie kämmt ihr langes Haar
  Und schaut ins Spiegelglas.

Ich bitt dich, laß das Kämmen,
  Laß dein langes Haar,
Denn oft schon bot sich Hexenart
  Wohl unter Lächeln dar,

Die's einerlei macht für den Liebsten,
  Ob er nun nah, ob weit –
Ein schönes Lächeln, so anmutsvoll
  Und voll Gleichgültigkeit.

XXV

Lightly come or lightly go
  Though thy heart presage thee woe,
Vales and many a wasted sun,
  Oread let thy laughter run
Till the irreverent mountain air
Ripple all thy flying hair.

Lightly, lightly – ever so:
  Clouds that wrap the vales below
At the hour of evenstar
  Lowliest attendants are:
Love and laughter songconfessed
When the heart is heaviest.

XXV

Leichten Schritts komm oder geh,
  Weissagt dir dein Herz auch Weh,
Täler, geschwundene Sonnen zuhauf,
  Bergnymphe, laß deinem Lachen den Lauf,
Bis der respektlosen Lüfte Schar
Kraust und zaust dein fliegend Haar.

Leichten Schritts – nur immer so hin:
  Wolken, die über den Tälern ziehn,
Daß der Abendstern erblind't,
  Niedrigste Begleitung sind:
Liebe und Lachen liedberedt,
Wenn's ums Herz am schlimmsten steht.

XXVI

Thou leanest to the shell of night,
  Dear lady, a divining ear.
In that soft choiring of delight
  What sound hath made thy heart to fear?
Seemed it for rivers rushing forth
From the grey deserts of the north?

That mood of thine, O timorous,
  Is his, if thou but scan it well,
Who a mad tale bequeaths to us
  At ghosting hour conjurable –
And all for some strange name he read
In Purchas or in Holinshed.

Du neigst dem Muschelhorn der Nacht,
O liebe Frau, ein ahnend Ohr.
Welch Laut hat dir denn Furcht gemacht
Im sanft entzückten Stimmenchor?
Schien's dir, daß Flüsse brausten wild
Aus Nordens grauem Ödgefild?

Was dich so stimmt, dir Angst gebracht,
Ist dessen Werk, prüfst du den Grund,
Der tolle Mär uns übermacht,
Beschwörbar jetzt zur Geisterstund –
Und nur weil eines Namens Tand
Im alten Holinshed er fand.

XXVII

Though I thy Mithridates were
   Framed to defy the poisondart,
Yet must thou fold me unaware
   To know the rapture of thy heart
And I but render and confess
The malice of thy tenderness.

For elegant and antique phrase,
   Dearest, my lips wax all too wise;
Nor have I known a love whose praise
   Our piping poets solemnise,
Neither a love where may not be
Ever so little falsity.

XXVII

Als wär ich Mithridates dir,
Der leicht das Giftgeschoß erträgt,
Muß erst Umarmung zeigen mir,
Daß auch ein Herz sich in dir regt,
Und mir bleibt zu bekennen nur
Die Tücke deiner Zwienatur.

Denn Sprüche, elegant und zart,
Liebste, mein Mund nicht mehr vollbringt,
Noch kenn ich Liebe von der Art,
Wie Dichterlied sie tönend singt,
Noch eine Liebe auch, in der
Nicht eine Spur von Falschheit wär.

XXVIII

Gentle lady, do not sing
  Sad songs about the end of love;
Lay aside sadness and sing
  How love that passes is enough.

Sing about the long deep sleep
  Of lovers that are dead and how
In the grave all love shall sleep.
  Love is aweary now.

XXVIII

Sanfte Frau, nicht traurig sing
  Lieder von der Liebe Trug;
Leg die Trauer ab und sing,
  Wie Liebe, die vergeht, genug.

Sing vom langen, tiefen Schlaf
  Der Liebenden, die tot, das Lied
Vom Grab, das aller Liebe Schlaf.
  Liebe ist lebensmüd.

XXIX

Dear heart, why will you use me so?
  Dear eyes that gently me upbraid
Still are you beautiful – but O,
  How is your beauty raimented!

Through the clear mirror of your eyes,
  Through the soft sigh of kiss to kiss,
Desolate winds assail with cries
  The shadowy garden where love is.

And soon shall love dissolved be
  When over us the wild winds blow –
But you, dear love, too dear to me,
  Alas! why will you use me so?

XXIX

Mein Herz, was quälst du mich nur so?
  Ihr Augen, die mein zarter Tort,
Schön seid ihr immer noch – doch oh,
  Wie ist die Schönheit schlimm umflort!

Aus eurem klaren Spiegel trifft,
  Aus Seufzern sanft, wenn du mich küßt,
Voll Schreiens wüster Winde Gift
  Den schattigen Garten, wo Liebe ist.

Und bald wird Liebe nicht mehr sein,
  Wenn über uns die Winde roh –
Doch du, mein Liebstes, meine Pein,
  Ach! ach! was quälst du mich nur so?

XXX

Love came to us in time gone by
When one at twilight shyly played
And one in fear was standing nigh –
For Love at first is all afraid.

We were grave lovers. Love is past
That had his sweet hours many a one.
Welcome to us now at the last
The ways that we shall go upon.

XXX

Die Liebe uns vor Zeiten band,
  Als eins im Zwielicht schüchtern spielt'
Und eins voll Furcht daneben stand –
  Denn erste Lieb ist angsterfüllt.

Wir liebten ernst. Die Liebe ist
  Vorbei, die soviel Glück gesehn.
Willkommen nun zur letzten Frist
  Die Wege, die wir einsam gehn.

XXXI

O, it was out by Donnycarney
    When the bat flew from tree to tree
My love and I did walk together
    And sweet were the words she said to me.

Along with us the summer wind
    Went murmuring – O, happily! –
But softer than the breath of summer
    Was the kiss she gave to me.

XXXI

Oh, es war draußen bei Donnycarney,
  Die Fledermaus flog im Blätterdach,
Da gingen mein Lieb und ich selbander,
  Und süße Worte sie zu mir sprach.

Und mit uns murmelnd unter den Bäumen
  Der Sommerwind – oh, glücklich! – ging;
Doch sanfter als des Sommers Atem
  War der Kuß, den ich empfing.

XXXII

Rain has fallen all the day
O come among the laden trees.
The leaves lie thick upon the way
Of memories.

Staying a little by the way
Of memories shall we depart.
Come, my beloved, where I may
Speak to your heart.

Den ganzen Tag fiel Regen matt:
  O sieh der Bäume so schweren Prunk!
Die Blätter decken dicht den Pfad
  Der Erinnerung.

Wir wollen an diesem Pfade dort
  Ein wenig weilen, dann scheiden gelind.
Komm, Liebste, daß vielleicht mein Wort
  Dein Herze dort find't.

XXXIII

Now, O now, in this brown land
   Where Love did so sweet music make
We two shall wander, hand in hand,
   Forbearing for old friendship' sake
Nor grieve because our love was gay
Which now is ended in this way.

A rogue in red and yellow dress
   Is knocking, knocking at the tree
And all around our loneliness
   The wind is whistling merrily.
The leaves – they do not sigh at all
When the year takes them in the fall.

Now, O now, we hear no more
   The villanelle and roundelay!
Yet will we kiss, sweetheart, before
   We take sad leave at close of day.
Grieve not, sweetheart, for anything
The year, the year is gathering.

XXXIII

Jetzt, ja jetzt im braunen Land,
    Wo Liebe so süße Musik gemacht,
Wir zwei wolln wandern, Hand in Hand,
    Um alter Freundschaft willen sacht,
Und uns nicht grämen, daß nun so
Zu Ende geht, was einstens froh.

Ein Vagabund, rotgelb sein Kleid,
    Klopft an den Baum und klopft wie wild,
Und rings um unsre Einsamkeit
    Der Wind sein frisches Pfeifen schrillt.
Die Bäume – sie seufzen nicht einmal,
Wenn sie das Jahr im Herbst macht kahl.

Jetzt, ja jetzt klingt keinem Ohr
    Mehr Villanelle und Rundgesang!
Doch wolln wir uns küssen, mein Lieb, bevor
    Der Abschied kommt und der Tag verklang.
Gräm dich nicht, Liebste, füg dich drein:
Das Jahr ist's, das holt seine Ernte ein.

XXXIV

Sleep now, O sleep now,
O you unquiet heart!
A voice crying ›Sleep now‹
Is heard in my heart.

The voice of the winter
Is heard at the door.
O sleep, for the winter
Is crying ›Sleep no more!‹

My kiss will give peace now
And quiet to your heart –
Sleep on in peace now,
O you unquiet heart!

XXXIV

Schlaf nun, o schlaf nun,
  Du mein unruhig Herz!
Eine Stimme schreit ›Schlaf nun‹
  Mir tief in das Herz.

Vorm Tor steht der Winter
  Und schreit sein Begehr.
O schlaf, denn der Winter,
  Er schreit dir ›Schlaf nicht mehr!‹

Mein Kuß geb dir Frieden
  Und Ruhe ins Herz –
Schlaf denn in Frieden,
  Du mein unruhig Herz!

XXXV

All day I hear the noise of waters
  Making moan,
Sad as the seabird is when going
  Forth alone,
He hears the winds cry to the waters'
  Monotone.

The grey winds, the cold winds are blowing
  Where I go.
I hear the noise of many waters
  Far below.
All day, all night, I hear them flowing
  To and fro.

XXXV

Den ganzen Tag hör ich der Wasser
Tief Gestöhn,
So traurig, wie die Vögel streifen
In den Höhn –
Sie hörn den Wind schrein zu der Wasser
Eingetön.

Die grauen, kalten Winde pfeifen,
Wo ich bin.
Ich höre laut die vielen Wasser
Drunten ziehn.
Bei Tag und Nacht hör ich sie schweifen
Her und hin.

XXXVI

I hear an army charging upon the land
   And the thunder of horses plunging, foam about their knees.
Arrogant, in black armour, behind them stand,
   Disdaining the reins, with fluttering whips, the charioteers.

They cry unto the night their battlename:
   I moan in sleep when I hear afar their whirling laughter.
They cleave the gloom of dreams, a blinding flame,
   Clanging, clanging upon the heart as upon an anvil.

They come shaking in triumph their long green hair:
   They come out of the sea and run shouting by the shore.
My heart, have you no wisdom thus to despair?
   My love, my love, my love, why have you left me alone?

XXXVI

Ich hör ein Heer anstürmen gegen das Land
Und den Donner ausschlagender Pferde, um die Knie Schaum.
Herrisch, in schwarzer Rüstung dahinter im Stand,
Verschmähend die Zügel, mit flatternden Peitschen, die
Wagenlenker.

Sie schleudern gegen die Nacht ihren Schlachtennamen:
Ich stöhne im Schlaf, wenn ich höre von fern ihr wirbelnd
Gelach.
Sie spalten das Dunkel von Träumen, blendende Flammen,
Prallen, prallen gegen das Herz, daß es klirrt wie ein Amboß.

Sie kommen, es wallt im Triumph ihr lang-grünes Haar:
Sie kommen herauf aus der See und jagen vorbei am Gestad'.
Mein Herz, bist du, so zu verzweifeln, der Weisheit bar?
Mein Lieb, mein Lieb, mein Lieb, was ließest du mich allein?

Pomes Penyeach
Pöme Penysstück

(1927)

He travels after a winter sun,
Urging the cattle along a cold red road,
Calling to them, a voice they know,
He drives his beasts above Cabra.

The voice tells them home is warm.
They moo and make brute music with their hoofs.
He drives them with a flowering branch before him,
Smoke pluming their foreheads.

Boor, bond of the herd,
Tonight stretch full by the fire!
I bleed by the black stream
For my torn bough!

ZUGABE[1]

Er läuft einer Wintersonne nach,
Drängt das Vieh einen kalten, roten Weg,
Ruft ihm, die Stimme, die es kennt,
Er treibt seine Tiere über Cabra.

Die Stimme sagt: die Heimat ist warm.
Sie muhen und machen mit Hufen rohe Musik.
Er treibt vor sich her sie mit einem blühenden Zweig,
Von Dunst gefiedert die Stirnen.

Tölpel, Sklave der Herde,
Streck dich ans Feuer heut abend!
Ich blute am blakenden Strom
Für meinen zerfetzten Zweig.

Dublin 1904

I heard their young hearts crying
Loveward above the glancing oar
And heard the prairie grasses sighing:
No more, return no more!

O hearts, O sighing grasses,
Vainly your loveblown bannerets mourn!
No more will the wild wind that passes
Return, no more return.

BEIM ANBLICK DER MUSCHELBOOTE BEI SAN SABBA[2]

Jungherzen hörte ich fragen
An blitzenden Rudern nach Liebe und Glück
Und hörte die Gräser der Ebenen klagen:
– *Und nimmer kehr' ich zurück.*

Ihr klagenden Gräser, ihr Herzen,
Eure Fähnlein betrauern ein altes Geschick:
Der wilde Wind, der gekühlt euch die Schmerzen,
– Gar nimmer kehrt er zurück.

Triest 1913

A FLOWER GIVEN TO MY DAUGHTER

Frail the white rose and frail are
Her hands that gave
Whose soul is sere and paler
Than time's wan wave.

Rosefrail and fair – yet frailest
A wonder wild
In gentle eyes thou veilest,
My blueveined child.

EINE BLUME, MEINER TOCHTER GESCHENKT

Zart weiß die Rose, und zart ist
Der Schenkerin Hand,
Einer Secle, die welk und blasser
Als der Zeiten Sand.

Rosenzart schön – doch zarter
Verschleierst du lind
Ein Wunder in sanften Augen,
Mein blauädrig Kind.

Triest 1913

SHE WEEPS OVER RAHOON

Rain on Rahoon falls softly, softly falling,
Where my dark lover lies.
Sad is his voice that calls me, sadly calling,
At grey moonrise.

Love, hear thou
How soft, how sad his voice is ever calling,
Ever unanswered, and the dark rain falling,
Then as now.

Dark too our hearts, O love, shall lie and cold
As his sad heart has lain
Under the moongrey nettles, the black mould
And muttering rain.

SIE WEINT ÜBER RAHOON[3]

Regen fällt auf Rahoon, in sanftem Fallen,
Wo mein dunkler Geliebter ruht.
Trüb schallt seine Stimme herauf, in trübem Schallen,
In Monds grauer Hut.

Liebste, du weinst,
Wo sanft, wo trüb seiner Stimme ewiges Schallen,
Ewig ohn' Antwort, bei dunklen Regens Fallen,
Jetzt wie dereinst.

Trüb wird auch unser Herz, ach Liebste, schon bald,
Wie seins in schwarzer Flur
Hier ruht, unter mondgrauen Nesseln hier ruhn, so kalt
Im Regengemurr.

Triest 1914

A birdless heaven, seadusk, one lone star
Piercing the west,
As thou, fond heart, love's time, so faint, so far,
Rememberest.

The clear young eyes' soft look, the candid brow,
The fragrant hair,
Falling as through the silence falleth now
Dusk of the air.

Why then, remembering those shy
Sweet lures, repine
When the dear love she yielded with a sigh
Was all but thine?

TUTTO È SCIOLTO[4]

Ein Himmel vogellos, seetrüb, ein Stern
Für kurze Frist,
Wie dir, mein Herz, der Liebe Zeit, so fern,
Erinnrung ist.

Der klare junge Blick, die Stirn umwellt
Von Haares Duft,
Das fiel, wie durch die Stille jetzt dir fällt
Dämmrung der Luft.

Was macht der Zauber dich gekränkt,
Der dir verwehrt,
Hat einst die Liebe, die sie scheu geschenkt,
Doch dir gehört?

Triest 1914

Wind whines and whines the shingle,
The crazy pierstakes groan;
A senile sea numbers each single
Slimesilvered stone.

From whining wind and colder
Grey sea I wrap him warm
And touch his trembling fineboned shoulder
And boyish arm.

Around us fear, descending
Darkness of fear above
And in my heart how deep unending
Ache of love!

AM STRANDE BEI FONTANA

Der Wind jault an der Reeden,
Die Molenpfähle schrein;
Ein greisiges Meer zählt jeden
Schlicksilbrigen Stein.

Vor jaulenden Winds Gewittern
Und Kälte verhüll ich ihn warm
Und spür seiner Schulter zartknochig Zittern,
Den knäblichen Arm.

Furcht rings, von droben sich wendend
Aus Finsternis niederwärts,
Und in dem Herzen, so tief, unendend,
Liebe voll Schmerz!

Triest 1914

O bella bionda,
Sei come l'onda!

Of cool sweet dew and radiance mild
The moon a web of silence weaves
In the still garden where a child
Gathers the simple salad leaves.

A moondew stars her hanging hair
And moonlight kisses her young brow
And, gathering, she sings an air:
Fair as the wave is, fair, art thou!

Be mine, I pray, a waxen ear
To shield me from her childish croon
And mine a shielded heart for her
Who gathers simples of the moon.

KRÄUTER

O bella bionda,
Sei come l'onda!

Aus kühlem Tau und Strahlen lind
Der Mond ein Netz der Stille webt
Im stillen Garten, durch den ein Kind
Die Küchenkräuter sammelnd schwebt.

Mondlicht umfließt sie, wo sie kniet,
Mondtau besternt ihr hängend Haar,
Und, sammelnd, singt sie leis ein Lied:
Schön bist du, wie die Welle war!

Ach, daß Gott mir ein wächsern Ohr verlieh,
Zu panzern mich gegen ihr kindisch Lied,
Und ein gepanzert Herz für sie,
Die Kräuter auf dem Mond sich zieht.

Triest 1915

FLOOD

Goldbrown upon the sated flood
The rockvine clusters lift and sway,
Vast wings above the lambent waters brood
Of sullen day.

A waste of waters ruthlessly
Sways and uplifts its weedy mane
Where brooding day stares down upon the sea
In dull disdain.

Uplift and sway, O golden vine,
Your clustered fruits to love's full flood,
Lambent and vast and ruthless as is thine
Incertitude!

FLUT

Goldbraun auf übersatter Flut
Die Steinweintraube treibt so zag,
Und brütend über den schwankenden Wassern ruht
Der trübe Tag.

Ein Untier aus Wassern schüttelt schwer,
Hebt, senkt seine Mähne aus wirrem Tang,
Wo der brütende Tag hinabstarrt auf das Meer
In dumpfem Zwang.

Laß treiben dahin, du goldener Wein,
Deine Frucht zu der Liebe höchster Flut,
So schwankend weit und gnadenlos wie dein
Unsteter Mut!

Triest 1914

Gaunt in gloom,
The pale stars their torches,
Enshrouded, wave.
Ghostfires from heaven's far verges faint illume,
Arches on soaring arches,
Night's sindark nave.

Seraphim,
The lost hosts awaken
To service till
In moonless gloom each lapses muted, dim,
Raised when she has and shaken
Her thurible.

And long and loud,
To night's nave upsoaring,
A starknell tolls
As the bleak incense surges, cloud on cloud,
Voidward from the adoring
Waste of souls.

NACHTSTÜCK

In trüber Wacht
Bleichsterne regen
Die Fackeln tief.
Gespenstische Feuer vom Himmelsrand leuchten der Nacht,
An hochhin sich wölbenden Bögen
Ins sünddunkle Schiff.

Die Seraphim
Erwachen in Scharen
zum Dienst, und blaß
Gleiten sie wieder ins Dunkel, in stummem Grimm,
Und schwenken noch im Erstarren
Ihr Weihrauchfaß.

Und lang und kalt
Durchs nächtliche Schwelen
Klingt Totengeläut,
Während in öden Wolken der Weihrauch wallt,
Nichtswärts aus anbetender Seelen
Erstorbenheit.

Triest 1915

The moon's greygolden meshes make
All night a veil,
The shorelamps in the sleeping lake
Laburnum tendrils trail.

The sly reeds whisper to the night
A name – her name –
And all my soul is a delight,
A swoon of shame.

ALLEIN

Des Monds graugoldener Schleierschnee
Die Nacht verbirgt,
Aus den Uferlaternen der schlafende See
Goldregenranken wirkt.

Aus Schilfgeflüster dringt durch die Nacht
Ein Nam' – ihr Nam' –
Und meiner Seele Lust erwacht,
Taumelnd vor Scham.

Zürich 1916

A MEMORY OF THE PLAYERS IN A MIRROR AT MIDNIGHT

They mouth love's language. Gnash
The thirteen teeth
Your lean jaws grin with. Lash
Your itch and quailing, nude greed of the flesh.
Love's breath in you is stale, worded or sung,
As sour as cat's breath,
Harsh of tongue.

This grey that stares
Lies not, stark skin and bone.
Leave greasy lips their kissing. None
Will choose her what you see to mouth upon.
Dire hunger holds his hour.
Pluck forth your heart, saltblood, a fruit of tears.
Pluck and devour!

ERINNERUNG AN DIE PLAYERS IN EINEM SPIEGEL UM MITTERNACHT[5]

Sie deklamiern der Liebe
Sprache. Brunst
Aus dreizehn Zähnen. Hiebe
Für dein Gelüst, die nackten Fleischestriebe!
Ob Wort, ob Lied, dein Liebeshauch ist schal
Wie Katzendunst,
Ein heiserer Schwall.

Dies Grau, das starrt,
Lügt nicht, bloß Knochen und Haut.
Laß andern das Küssen. Keine getraut
Sich an den welken Mund, den du geschaut.
Heißhungers Stunde rings.
Reiß aus dein Herz, Salzblut, von Tränen hart.
Reiß und verschling's!

Zürich 1917

The eyes that mock me sign the way
Whereto I pass at eve of day,

Grey way whose violet signals are
The trysting and the twining star.

Ah star of evil! star of pain!
Highhearted youth comes not again

Nor old heart's wisdom yet to know
The signs that mock me as I go.

BAHNHOFSTRASSE[6]

Ein narrendes Paar Augen zeigt
Den Weg mir, wenn der Tag sich neigt,

Den grauen Weg, dess' Zeichen fern
Der Stelldicheins- und der Trennungsstern.

Ah, Stern des Bösen! Stern aus Weh!
Hochherzige Jugend kommt nimmermeh',

Noch Altersweisheit, doch zu verstehn
Die Zeichen, die narrend mit mir gehn.

Zürich 1918

Again!
Come, give, yield all your strength to me!
From far a low word breathes on the breaking brain
Its cruel calm, submission's misery,
Gentling her awe as to a soul predestined.
Cease, silent love! My doom!

Blind me with your dark nearness, O have mercy,
beloved enemy of my will!
I dare not withstand the cold touch that I dread.
Draw from me still
My slow life! Bend deeper on me, threatening head,
Proud by my downfall, remembering, pitying
Him who is, him who was!

Again!
Together, folded by the night, they lay on earth. I hear
From far her low word breathe on my breaking brain.
Come! I yield. Bend deeper upon me! I am here.
Subduer, do not leave me! Only joy, only anguish,
Take me, save me, soothe me, O spare me!

EIN GEBET

Noch einmal!
Komm, tritt all deine Kraft mir ab!
Von fernher haucht ein Wort mir auf mein brechend Hirn
Seine grausame Ruhe, der Ergebung Elend,
Die Furcht ihm dämpfend, wie's bestimmt der Seele.
Laß, stille Liebe! Mein Los!

Blend mich mit deiner dunklen Nähe, o hab
Erbarmen, geliebter Feind meines Willens!
Widerstand wage ich nicht dem kalten Hauch.
Zieh von mir ab
Mein langsam Leben! Tiefer beug dich, drohendes Haupt,
Stolz meines Falls, erinnernd, erbarmend
Dich seiner, der ist, seiner, der war!

Noch einmal!
Beisammen, gefaltet von der Nacht, an der Erde sie lagen.
Ich höre
Von fernher leis ihr Wort behauchen mein brechend Hirn.
Komm! Ich gewähre. Beug tiefer dich über mich! Ich bin hier.
Verlaß mich nicht, Bezwinger! Einzige Freude, einzige Qual,
Nimm mich, rette mich, still' mich, o schone mich!

Paris 1924

Verstreute Gedichte

In the soft nightfall
Hear thy lover call,
Hearken the guitar!

Lady, lady fair
Snatch a cloak in haste,
Let thy lover taste
The sweetness of thy hair . . .

Fragmentarische Jugendlyrik
(1900-1904)

Im sanften Nachtwehn
Hör' deinen Liebsten gehn,
Lausch doch der Gitarr'!

Fraue wunderbar,
Greif einen Mantel dir,
Laß deinen Liebsten hier
Schmecken dein süßes Haar ...[7]

I

And I have sat amid the turbulent crowd,
And have assisted at their boisterous play;
I have unbent myself and shouted loud
And been as blatant and as coarse as they.

I have consorted with vulgarity
And am indelibly marked with its fell kiss,
Meanly I lived upon casual charity
Eagerly drinking of the dregs of bliss.

GLANZ UND DUNKEL[8]

I

Auch mich riß der Tumult der Masse hin:
Ich hatte Teil an ihrem wüsten Spiel;
Ich brüllte nach, was sie mir vorgeschrien,
Und war so rüd und roh, wie's ihr gefiel.

Ich hielt Gemeinschaft mit der Niedrigkeit
Und trag' als Mal untilgbar ihren Kuß;
Ich lebt' von dem, was Nächstenliebe streut,
Und trank der Wonne Hefe mit Genuß.

2

Yea, for this love of mine
I have given all I had;
For she was passing fair,
And I was passing mad.

All flesh, it is said,
Shall wither as the grass;
The fuel for the oven
Shall be consumed, alas!

2

Ja, ja, für diese Liebe
Gab alles ich dahin;
Denn sie war gar so schön,
Und ich war ganz von Sinn'n.

Alles Fleisch, so heißt's,
Es ist wie Gras, welkt jach;
Der Brennstoff für den Ofen
Wird einst verzehrt sein, ach!

3

Of thy dark life, without a love, without a friend,
Here is, indeed, an end.

There are no lips to kiss this foul remains of thee,
O, dead Unchastity!
The curse of loneliness broods silent on thee still,
Doing its utmost will,
And men shall cast thee justly to thy narrow tomb,
A sad and bitter doom.

3

Dein dunkles Leben, ohne der Liebe, der Freundschaft Ruh',
Geht nun dem Ende zu.

Sieh, keine Lippe küßt mehr deine Verweslichkeit,
O tote Unkeuschheit!
Nur des Alleinseins Fluch liegt brütend noch auf dir,
Stillt seine letzte Gier,
Und bald schon wirft man dich – gerechter Spruch! – hinab
Ins bitter enge Grab.

4

»Requiem eternam dona ei, Domine«;
Silently, sorrowfully I bent down my head,
For I had hated him – a poor creature of clay:
And all my envious, bitter, cruel thoughts that came
Out of the past and stood by the bier whereon he lay
Pointed their long, lean fingers through the gloom . . .
        O Name,
Ineffable, proud Name to whom the cries ascend
From lost, angelical orders, seraph flame to flame,
For this end have I hated him – for this poor end?

4

»Requiem aeternam dona ei, Domine« –
Ganz still, beschämt, voll Trauer, neigt' das Haupt ich tief:
Ich hatte ihn gehaßt – ein arm Geschöpf von Staub –
Und alles, was an bittern Neidgedanken kam
Aus alter Zeit und stand nun vor der Bahre Raub,
Es wies mit hagern Fingern durch die Nacht . . .
O Nam',
Du unaussprechlich stolzer Nam', zu dem die Not
Verlorner Engel schreit, aus Tiefen, Flamm' an Flamm':
Zu solchem Ende haßt' ich – so armsel'gem Tod?

5

. . .
I intone the high anthem,
Partaking in their festival.
Swing out, swing in, the night is dark,
Magical hair, alive with glee,
Winnowing spark after spark,
Star after star, rapturously.
Toss and toss, amazing arms;
Witches, weave upon the floor
Your subtle-woven web of charms . . .

Some are comely and some are sour,
Some are dark as wintry mould,
Some are fair as a golden shower.
To music liquid as a stream
They move with dazzling symmetry;
Their flashing limbs blend in a gleam
Of luminous-swift harmony.
They wear gold crescents on their heads,
Hornèd and brilliant as the moon
. . .

5

. . .
Ich intonier die Hymne hoch,
Nehm' teil an ihrer Festlichkeit.
Schwingt her, schwingt hin – die Stunde flieht –
Euer zaubrisch Haar, voll lebendiger Zier
Aus Freude, die Funken um Funken sprüht
Und Stern um Stern, verzückend schier.
Ihr Arme, wogt und wallt empor;
Ihr Hexen, webt über den Boden hell
Euern feingesponnenen Zauberflor . . .

Manche sind hübsch und manche sind scheel,
Manche sind dunkel wie wintriger Grund,
Manche wie goldener Regen so bunt.
Zu Klängen, hinfließend wie Wellentanz,
Ziehn sie in blendender Symmetrie;
Ihre blitzenden Glieder vermischt ein Glanz
Aus leuchtend-lebendiger Harmonie.
Goldene Sicheln bekrönen ihr Haupt,
Gehörnt und funkelnd wie der Mond
. . .

6

Wind thine arms round me, woman of sorcery,
While the lascivious music murmurs afar:
I will close mine eyes, and dream as I dance with thee,
And pass away from the world where my sorrows are.

Faster and faster! strike the harps in the hall!
Woman, I fear that this dance is the dance of death!
Faster! – ah, I am faint . . . and, ah, I fall.
The distant music mournfully murmureth . . .

6

Wind deine Arme um mich, Zauberin, ganz,
Beim Murmeln fern wollüstiger Musik:
Geschloss'nen Augs will ich träumen mit dir beim Tanz,
Daß ich die Welt meiner Sorgen nicht mehr erblick'.

Schneller und schneller! schlagt die Harfen im Saal!
Weib, mir wird bange – der Tanz ist des Todes Tanz!
Schneller! – mich packt der Schwindel – und, ah, ich fall'!
Die ferne Musik murrt trauernd im Mummenschanz ...

7

Let us fling to the winds all moping and madness,
Play us a jig in the spirit of gladness
On the creaky, old squeaky strings of the fiddle.

The why of the world is an answerless riddle
Puzzlesome, tiresome, hard to unriddle.
To the seventeen devils with sapient sadness:
Tra la, tra la

7

In den Wind laßt uns schlagen den Gram und die Grillen,
Uns lieber mit Freuden ein Tänzchen aufspielen,
Beim Quietschen der Fiedelsaiten genesen.

Das Warum dieser Welt ist ein rätselhaft Wesen,
Vertrackt und verdrießlich, schwer aufzulösen.
Zum Teufel mit all'n, die in Trübsal sich sielen:
Trallala, trallala ...

We will leave the village behind,
Merrily, you and I,
Tramp it smart and sing to the wind,
With the Romany Rye.

Das Dorf wolln wir hinter uns lassen,
Fröhlich, wir beide vereint –
Herzhaft wandeln und singen dem Wind
Mit dem Zigeunerfreund.[9]

Juli 1900, Mullingar

COME out to where the youth is met
Under the moon, beside the sea,
And leave your weapon and your net,
Your loom and your embroidery.

Bring back the pleasantness of days
And crystal moonlight on the shore.
Your feet have woven many a maze
In old times on the ivory floor.

The weapons and the looms are mute
And feet are hurrying by the sea.
I hear the viol and the flute,
The sackbut and the psaltery.

Kommt, seht, wie Jugend sich ergetz',
Unter dem Mond, am Ufer frei –
Laßt eure Waffe und euer Netz,
Den Webstuhl und die Stickerei.

Bringt mir zurück die Tage lind,
Kristallenes Mondlicht am Gestad'.
Eure Füße woben manch Labyrinth
Vor Zeiten auf den Elfenbeinpfad.

Die Waffen und Webstühle sind nun fort,
Und Füße eilen am Ufer entlang.
Ich hör' die Viola, die Flöte dort,
Des Psalters und der Harfe Klang.

THERE was a kind lady called Gregory,
Said ›Come to me, poets in beggary‹,
    But found her imprudence
    When thousands of students
Cried, ›All, we are in that category‹.

Gelegenheitsverse
(1902-1937)

Lady Gregory,[10] sorgend von früh bis spät,
Sprach: ›Kommt her, die ihr schreibt und nach Brote geht!‹
  Doch es ward ihr beklommen,
  Als gleich tausend gekommen:
›Hier, wir alle gehörn zu der Fakultät!‹

1902

There once was a Celtic librarian
Whose essays were voted Spencerian,
    His name is Magee
    But it seems that to me
He's a flavour that's more Presbyterian.

MAGEE,[11] heißt's, der Bibliothekar,
Schreibe spencerianisch fürwahr,
  Doch mir ist das schnuppe:
  Ich fand in der Suppe
Ein presbyterianisches Haar.

1902

DEAR, I am asking a favour
  Little enough
This, that thou shouldst entype me
  This powdery puff

I had no heart for your troubling
  Dearest, did I
Only possess a typewriter or
  Money to buy

Thine image, dear, rosily bitten
  Ever shall be
Thereafter that thou hast typewritten
  These things for me –

MEIN Lieber, hier kommt eine Bitte,[12]
  Recht winzig und zahm:
Mir gütigst doch abzuschreiben
  Diesen staubigen Kram.

Ich hätt', Sie zu stören, im Traum nicht
  Übers Herz gebracht,
Besäß' ich nur eine Maschine,
  Die Abschriften macht.

Ihr Bild wird als leuchtend Exempel
  Mich ewiglich laben,
Sobald Sie mir diesen Krempel
  Schön abgetippt haben –

1904

O, THERE are two brothers, the Fays,
Who are excellent players of plays,
  And, needless to mention, all
  Most unconventional,
Filling the world with amaze.

But I angered those brothers, the Fays,
Whose ways are conventional ways,
  For I lay in my urine
  While ladies so pure in
White petticoats ravished my gaze.

AH, DIE Fay-Brüder leiten ein Haus,[13]
Darin ernten sie täglich Applaus,
Denn was ihnen einfällt,
Ist so kühn, daß die Lai'nwelt
Aus dem Staunen schier nicht kommt heraus.

Doch ich mußte die Herren vergrätzen,
Die das feine Betragen sehr schätzen,
Denn ich lag in meinem Dreck,
Während über mich weg
Schritt ein Unterrock, mir zum Ergetzen.

1904

Myself unto myself will give
This name, Katharsis-Purgative.
I, who dishevelled ways forsook
To hold the poets' grammar-book,
Bringing to tavern and to brothel
The mind of witty Aristotle,
Lest bards in the attempt should err
Must here be my interpreter:
Wherefore receive now from my lip
Peripatetic scholarship.
To enter heaven, travel hell,
Be piteous or terrible
One positively needs the ease
Of plenary indulgences.
For every true-born mysticist
A Dante is, unprejudiced,
Who safe at ingle-nook, by proxy,
Hazards extremes of heterodoxy,
Like him who finds a joy at table
Pondering the uncomfortable.
Ruling one's life by common sense
How can one fail to be intense?
But I must not accounted be
One of that mumming company –
With him who hies him to appease
His giddy dames' frivolities
While they console him when he whinges
With gold-embroidered Celtic fringes –
Or him who sober all the day
Mixes a naggin in his play –
Or him whose conduct ›seems to own‹
His preference for a man of ›tone‹ –

DAS HEILIGE OFFIZIUM[14]

Mein Name – ich will ihn mir selber verleihn –
Katharsis-Purgativ soll sein.
Ich, der die Wege der Unordnung floh,
Zu heben der Dichter Grammatik-Niveau,
Bordell und Taverne bekannt zu machen
Mit Aristoteles' witzigen Sachen,
Muß hier, daß die Barden nicht irre gehn,
Zum Interpretieren mich selber verstehn:
Empfanget von meinen Lippen darum
Ein peripatetisch Privatissimum.
Den Himmel betreten, die Hölle durchreisen,
Mag schrecklich sein und recht wenig zu preisen,
Man braucht jedenfalls die Bequemlichkeit
Vollkommener Zufriedenheit.
Denn jeder geborene Mystizist[15]
Unpräjudiziert ein Dante ist,
Der wohlig am häuslichen Herde logiert
Und dort äußerste Irrgläubigkeiten riskiert,
Vergleichbar dem Tropf, der bei leckerem Schmaus
Sich eine Fastenzeit malt aus.
Wo der Menschenverstand, der gesunde, regiert,
Verläuft da das Leben nicht intensiviert?[16]
Doch daß dies klar ist: Nichts hab ich gemein
Mit diesem tristen Verkleidungsverein –[17]
Dem, der seinen Damen, aufs beste gedrillt,
Ihren Hunger nach Frivolitäten stillt,[18]
Während sie ihn, gibt er sein Jammern zum besten,
Mit keltischen Goldstickereien trösten –[19]
Dem, der stocknüchtern sein Leben führt,
Doch auf der Bühne den Säufer markiert –[20]
Dem, dessen Auftritt »den Eindruck vermehrt«,
Daß er gern »in gebildeten Kreisen« verkehrt –[21]

Or him who plays the ragged patch
To millionaires in Hazelhatch
But weeping after holy fast
Confesses all his pagan past –
Or him who will his hat unfix
Neither to malt nor crucifix
But show to all that poor-dressed be
His high Castilian courtesy –
Or him who loves his Master dear –
Or him who drinks his pint in fear –
Or him who once when snug abed
Saw Jesus Christ without his head
And tried so hard to win for us
The long-lost works of Aeschylus.
But all these men of whom I speak
Make me the sewer of their clique.
That they may dream their dreamy dreams
I carry off their filthy streams
For I can do those things for them
Through which I lost my diadem,
Those things for which Grandmother Church
Left me severely in the lurch.
Thus I relieve their timid arses,
Perform my office of Katharsis.
My scarlet leaves them white as wool:
Through me they purge a bellyful.
To sister mummers one and all
I act as vicar-general
And for each maiden, shy and nervous,
I do a similar kind service.
For I detect without surprise
That shadowy beauty in her eyes,
The ›dare not‹ of sweet maidenhood
That answers my corruptive ›would‹.
Whenever publicly we meet
She never seems to think of it;

Dem, der in Hazelhatch mit Bedacht
Vor Millionären den Narren macht,
Doch zur Fastenzeit reuig in Tränen steht
Und sein heidnisches Vorleben beichten geht –[22]
Dem, der verweigert jeglichen Knicks,
Vorm Gerstensaft wie vorm Kruzifix,
Doch allen zeigt, wie in ärmlichem Kleide
Sein hoher kastilischer Adel leide –[23]
Dem, der den »teuren Meister« liebt –[24]
Dem, der nur angstvoll sein Gläschen kippt –[25]
Dem, der, als wohlig im Bett er einst nickte,
Herrn Jesus ohne Kopf erblickte
Und wiederzufinden sich kühn entschloß
Die verlorenen Werke des Aischylos.[26]
Doch all diese Wichte, die ich hier knicke,
Machen zur Klärgrube mich ihrer Clique:
Damit träumen sie können im sicheren Port,
Schaff ich ihnen die dreckigen Abwässer fort;
Für sie jene Dinge ich übernehm,
Durch die ich verloren mein Diadem,
Für die mich Großmütterchen Kirche verstieß,
Mich unnachsichtig im Stiche ließ.
So erleichtre ich ihnen den furchtsamen Arsch,
Üb mein Katharsis-Amt bündig und barsch.
Mein Scharlach macht wie Wolle sie weiß:[27]
Durch mich purgieren sie ihren Steiß.
Bei Komödiantinnen männiglich
Spiele den Generalvikar ich,
Und jeglicher Jungfrau, daß sie es lerne,
Erweise den nämlichen Dienst ich gerne.
Denn ich entdeck – 's überrascht mich nicht –
Jene schattige Schönheit in ihrem Gesicht,
Das »Wag's ja nicht!« der süßen Jungfrauenblicke
Als Antwort auf meine Verführertücke.
Wann immer wir öffentlich uns sehn,
Scheint nichts davon je durch den Kopf ihr zu gehn;

At night when close in bed she lies
And feels my hand between her thighs
My little love in light attire
Knows the soft flame that is desire.
But Mammon places under ban
The uses of Leviathan
And that high spirit ever wars
On Mammon's countless servitors,
Nor can they ever be exempt
From his taxation of contempt.
So distantly I turn to view
The shamblings of that motley crew,
Those souls that hate the strength that mine has
Steeled in the school of old Aquinas.
Where they have crouched and crawled and prayed
I stand, the self-doomed, unafraid,
Unfellowed, friendless and alone,
Indifferent as the herring-bone,
Firm as the mountain-ridges where
I flash my antlers on the air.
Let them continue as is meet
To adequate the balance-sheet.
Though they may labour to the grave
My spirit shall they never have
Nor make my soul with theirs at one
Till the Mahamanvantara be done:
And though they spurn me from their door
My soul shall spurn them evermore.

Doch zur Nachtzeit, wenn sie, von Kissen umhüllt,
Meine Hand jäh zwischen den Schenkeln fühlt,
Dann kennt mein Liebchen im leichten Kleid
Die sanfte Flamme Lüsternheit.
Aber Mammon belegt mit Acht und Bann
Die Gepflogenheiten des Leviathan,
Und dieser hohe Geist des Wahren
Führt Krieg gegen Mammons Dienerscharen,
Die wissen, daß sie zu keiner Frist
Seiner Strafe entgehn, die Verachtung ist.
So nehm in den Blick ich, fern dem Lande,
Das Schlachtfeld dieser Narrenbande,
Der Seelen, die hassen der meinen Kraft,
Die in des Aquinas Schule gestrafft.
Wo sie gebückt sich voll Kriecherei,
Steh ich, der Selbstbestrafte, frei,
Furchtlos, freundlos und allein,
Indifferent wie der Sonnenschein
Und sicher und fest wie die Bergesspitzen,
Wo luftig ich lass mein Geweihe blitzen.
Lasse sie weiter kraxeln und schleichen,
Um die Bilanzen auszugleichen.
Solln sie sich mühn bis ins Grab hinein –
Mein Geist wird nie der ihrige sein
Noch meine Seel mit den ihren vereint,
Bis der Schluß des Mahamanvantara[28] erscheint:
Und stoßen von ihrer Türe sie mich,
So verschmäht meine Seele sie ewiglich.

1904

Ladies and gents, you are here assembled
To hear why earth and heaven trembled
Because of the black and sinister arts
Of an Irish writer in foreign parts.
He sent me a book ten years ago:
I read it a hundred times or so,
Backwards and forwards, down and up,
Through both the ends of a telescope.
I printed it all to the very last word
But by the mercy of the Lord
The darkness of my mind was rent
And I saw the writer's foul intent.
But I owe a duty to Ireland:
I hold her honour in my hand,
This lovely land that always sent
Her writers and artists to banishment
And in a spirit of Irish fun
Betrayed her own leaders, one by one.
'Twas Irish humour, wet and dry,
Flung quicklime into Parnell's eye;
'Tis Irish brains that save from doom
The leaky barge of the Bishop of Rome
For everyone knows the Pope can't belch
Without the consent of Billy Walsh.
O Ireland my first and only love
Where Christ and Caesar are hand and glove!
O lovely land where the shamrock grows!
(Allow me, ladies, to blow my nose)
To show you for strictures I don't care a button
I printed the poems of Mountainy Mutton
And a play he wrote (you've read it, I'm sure)
Where they talk of *bastard*, *bugger* and *whore*,

GAS VON EINEM BRENNER[29]

Meine Damen und Herren, Sie sind hier versammelt,
Zu hörn, wieso Himmel und Erde so schrammelt:
Es liegt an den schwarzen, ja finsteren Künsten
Eines irischen Autors in fremden Diensten.
Er schickte ein Buch mir – zehn Jahre ist's her –
Und ich las es wohl hundertmal kreuz und quer,
Rückwärts und vorwärts, mit sämtlichen Finten,
Durchs Fernglas von vorne wie auch von hinten.
Ich druckte es schließlich, zu allem bereit,
Doch des lieben Gottes Barmherzigkeit
Zog mir vom Hirn die verdunkelnde Decke,
Und ich sah des Verfassers unsaubere Zwecke.
Nun bin ich verpflichtet dem Vaterland –
Ich halt seine Ehre in meiner Hand! –
Diesem lieblichen Land, dem's schon immer gefiel,
Seine Künstler zu treiben ins ferne Exil,
Und das – ein typisch irischer Spaß –
Seine eigenen Führer verriet und vergaß.
's war der Sinn für Humor nur, milde und scharf,
Der Parnell Ätzkalk ins Auge warf;[30]
's ist der irische Dickschädel, dem es gelingt,
Daß der lecke päpstliche Kahn nicht sinkt,
Denn man weiß: ohne Billy Jott Walshs[31] Geruhn
Kann der Bischof von Rom keinen Rülpser tun.
O du mein geliebtes Vaterland,
Wo Caesar und Christus sind Handschuh und Hand!
Wo der Shamrock wächst mit den lieblichsten Reizen!
(Erlauben die Damen – ich muß mich schnäuzen).
Daß mein Herz als Verleger bei gar nichts zuckt,
Beweist: ich hab Mountainy Mutton[32] gedruckt,
Ein Stück von ihm gar, worin ungeniert
Von »Schwulen« und »Huren« gesprochen wird;[33]

And a play on the Word and Holy Paul
And some woman's legs that I can't recall,
Written by Moore, a genuine gent
That lives on his property's ten per cent:
I printed mystical books in dozens:
I printed the table-book of Cousins
Though (asking your pardon) as for the verse
'Twould give you a heartburn on your arse:
I printed folklore from North and South
By Gregory of the Golden Mouth:
I printed poets, sad, silly and solemn:
I printed Patrick What-do-you-Colm:
I printed the great John Milicent Synge
Who soars above on an angel's wing
In the playboy shift that he pinched as swag
From Maunsel's manager's travelling-bag.
But I draw the line at that bloody fellow
That was over here dressed in Austrian yellow,
Spouting Italian by the hour
To O'Leary Curtis and John Wyse Power
And writing of Dublin, dirty and dear,
In a manner no blackamoor printer could bear.
Shite and onions! Do you think I'll print
The name of the Wellington Monument,
Sydney Parade and Sandymount tram,
Downes's cakeshop and Williams's jam?
I'm damned if I do – I'm damned to blazes!
Talk about *Irish Names of Places!*
It's a wonder to me, upon my soul,
He forgot to mention Curly's Hole.
No, ladies, my press shall have no share in
So gross a libel on Stepmother Erin.
I pity the poor – that's why I took
A red-headed Scotchman to keep my book.
Poor sister Scotland! Her doom is fell;
She cannot find any more Stuarts to sell.

Dann ein Stück, das vom Wort und von Paulus handelt
Und den Beinen einer Frau, mit der jemand gebandelt:[34]
Es stammt von Moore, der nach Höherem strebt
Und von seinen Vermögensprozenten lebt;
Ich druckte mystische Bücher in Massen,
Sogar James Cousins'[35] Gedankenblasen,
Wobei mir da freilich zu sagen obliegt,
Daß (Pardon!) man im Arsch davon Sodbrennen kriegt;
Ich druckte Folklore so manches Pfund
Von der Gregory[36] mit dem Goldenen Mund;
Ich druckte Poeten, ernst, albern und bleich;
Ich druckte Padraic Wie-heißt-er-doch-gleich;[37]
Ich druckte den großen John Millicent Synge,
Der hoch über uns schwebt wie ein Schmetterling
Im Playboy-Hemde – als Beute entdeckt' er's
Im Musterkoffer des Maunsel-Direktors.[38]
Doch ich ziehe die Grenze bei jenem Gesellen,[39]
Der kürzlich aus Öst'reich kam, uns zu verprellen:
Sang italienische Gassenhauer
Vor O'Leary Curtis[40] und John Wyse Power[41]
Und schrieb über Dublin auf eine Art,
Daß sämtlichen Druckern sich sträubte der Bart.
Scheiße mit Zwiebeln! Was glaubt ihr, der nennt
Beim Namen das Wellington Monument,
Die Sydney Parade und die Sandymount-Tram,
Downes's Cakeshop und Williams's Jam!
Ich will gleich verdammt sein, wenn ich das schlucke,
Geschwätz über *Irische Ortsnamen* drucke![42]
's wundert mich nur, daß der Kamerad
Curly's Hole zu erwähnen vergessen hat.
Nein, niemals verleg ich, bei meiner Seel,
Gegen Stiefmutter[43] Erin solch schlimmes Libell.
Mich dauert die Armut – drum hab ich's riskiert,
Daß ein rothaar'ger Schotte die Bücher mir führt.[44]
Ach Schwesterchen Schottland! Deine Zeit ist gelaufen;
Du hast keine Stuarts mehr zu verkaufen.

My conscience is fine as Chinese silk:
My heart is as soft as buttermilk.
Colm can tell you I made a rebate
Of one hundred pounds on the estimate
I gave him for his *Irish Review*.
I love my country – by herrings I do!
I wish you could see what tears I weep
When I think of the emigrant train and ship.
That's why I publish far and wide
My quite illegible railway guide.
In the porch of my printing institute
The poor and deserving prostitute
Plays every night at catch-as-catch-can
With her tight-breeched British artilleryman
And the foreigner learns the gift of the gab
From the drunken draggletail Dublin drab.
Who was it said: Resist not evil?
I'll burn that book, so help me devil.
I'll sing a psalm as I watch it burn
And the ashes I'll keep in a one-handled urn.
I'll penance do with farts and groans
Kneeling upon my marrowbones.
This very next lent I will unbare
My penitent buttocks to the air
And sobbing beside my printing press
My awful sin I will confess.
My Irish foreman from Bannockburn
Shall dip his right hand in the urn
And sign crisscross with reverent thumb
Memento homo upon my bum.

Mein Gewissen ist zart wie chinesische Seide,
Mein Herz ist so weich, daß ich selbst drunter leide.
Colm kann's bestät'gen: ich hab ihm im Nu
Auf sein Riesen-Budget für die *Irish Review*
'nen Rabatt von einhundert Pfund gemacht.[45]
Ich liebe mein Vaterland – 's wär doch gelacht!
Sie müßten sehn, wie in Tränen ich liege,
Gedenk ich der Auswandrerschiffe und -züge!
Deshalb, nur deshalb ja drucke ich
Meinen Amtlichen Fahrplan so unleserlich.[46]
In meinem Verlag, den mit Säulen ich zierte,
Treibt jede Nacht die Prostituierte,
Die arme, verdiente, im Freiringerstil
Mit dem britischen Artilleristen ihr Spiel,
Und der Ausländer lernt beim besoffenen Flachsen,
Wie der Dubliner Schlampe der Schnabel gewachsen.
Wer hat doch gesagt: Widerstrebt nicht dem Übel?[47]
Ich verbrenne das Buch, so wahr mir der Dübel –!
Ich sing einen Psalm, wenn die Flammen turnen,
Und für die Asche gibt's Einhenkel-Urnen.
Dann tue ich Buße, will gerne mich stürzen
Aufs Knie unter reichlichen Seufzern und Fürzen,
Zur Fastenzeit, ohne ihn zu bedecken,
Meinen reuigen Arsch in die Lüfte recken
Und neben der Druckerpresse erbleichten
Gesichts meine furchtbare Sünde beichten.
Mein irischer Faktor aus Bannockburn[48] taucht
In die Urne den frommen Daumen und haucht
Dann kreuzweis mit Asche aus jenem Gefäß
Memento homo mir aufs Gesäß.

1912

There is a keen climber called Sykes
Who goes scrambling o'er ditches and dikes,
But to skate on his scalp
Down the side of an Alp
Is the kind of enjoyment he likes.

Dem Sykes,[49] dem macht Klettern Vergnügen,
Jeder Stock und Stein muß sich fügen,
  Doch auf seinem Skalp
  Hinab eine Alp,
Das tät' ihm so richtig erst liegen.

1915

THERE is a young gallant named Sax
Who is prone to hayfever attacks
    For the prime of the year
    To Cupid so dear
Stretches maidens – and men! – on their backs.

HERR SAX,[50] ein junger Athlet,
Ist vom Heuschnupfen gänzlich verdreht,
  Denn die Frühlingszeit,
  Die Cupido geweiht,
Die schmeißt Mädchen – und Männer! – aufs Bett.

1916

THERE's a monarch who knows no repose
For he's dressed in a dual trunk hose
    And ever there itches
    Some part of his breeches;
How he stands it the Lord only knows.

Ein Monarch,[51] der leidet viel Pein,
Er hat doppelte Hosen am Bein,
  Und bei jedem Bücken
  Tut's ihn irgendwo zwicken;
Wie er's aushält, weiß Gott allein.

1916

There once was a lounger named Stephen
Whose youth was most odd and uneven
    He throve on the smell
    Of a horrible hell
That a Hottentot wouldn't believe in.

EIN BUMMELANT namens Stephen,[52]
Dessen Tage höchst seltsam verliefen,
Reüssierte mit 'nem Buch
Von so schauerlichem Ruch,
Daß die Kaffern um Hilfe riefen.

1916

THERE's a George of the Georges named David
With whose words we are now night and day fed.
  He cries: I'll give small rations
  To all the small nations.
Bully God made this world – but I'll save it.

Von ’nem George[53] hörn tagtäglich wir singen,
Dessen Worte wir gierig verschlingen:
  Wer nur zu mir hält,
  Der wird satt! Ach, die Welt
Ist so mies – doch ich werd’ sie bezwingen!

1917

A GOLDSCHMIDT swam in a Kriegsverein
As wise little Goldschmidts do,
And he loved every scion of the Habsburg line,
Each Archduke proud, the whole jimbang crowd.
And he felt that they loved him, too.
Herr Rosenbaum and Rosenfeld
And every other Feld except Schlachtfeld;
All worked like niggers, totting rows of crazy figures,
To save Kaiser Karl and Goldschmidt, too.

Chorus:
For he said it is bet-bet-better
To stick stamps on some God-damned letter
Than be shot in a trench
Amid shells and stench,
Jesus Gott – Donner wet-wet-wetter.

EIN GOLDSCHMIDT schwamm in 'nem Kriegsverein,[54]
Wie's bei schlauen Goldschmidten Brauch,
Und er liebte die Habsburger querfeldein,
Jede Erzvisage, die ganze Bagage,
Und er spürt' es, sie liebten ihn auch.
Herr Rosenbaum und Herr Rosenfeld,
Und auch sonst jeder Feld, der nicht grade ein Held,
Reihten Zahlenketten, Kaiser Karl damit zu retten
Und den tapferen Goldschmidt auch.

Chor:
Denn am Schreibtisch, so re-red't er,
Ist's bei weitem doch viel netter,
Als daß einer verreck'
Bei Granaten und Dreck –
Jesus Gotts Donnerwet-wetter!

1917

Who is the man when all the gal-
lant nations run to war
Goes home to have his dinner by
the very first cablecar
And as he eats his cantelope
contorts himself in mirth
To read the blatant bulletins of
the rulers of the earth?
It's Mr Dooley,
Mr Dooley,
The coolest chap our country ever knew
›They are out to collar
The dime and dollar‹
Says Mr Dooley-ooley-ooley-oo.

Who is the funny fellow who
declines to go to church
Since pope and priest and parson left
the poor man in the lurch
And taught their flocks the only way
to save all human souls
Was piercing human bodies through
with dumdum bulletholes?
It's Mr Dooley,
Mr Dooley,
The mildest man our country ever knew
›Who will release us
From Jingo Jesus‹
Prays Mr Dooley-ooley-ooley-oo.

DOOLEYSPRUDENZ[55]

Wer ist der Mann, der, wenn zum Krieg
rennt jeder Untertan,
heimfährt an seinen Mittagstisch
mit der nächsten Straßenbahn
und über seiner Melone süß
vor Lust schier in Zuckungen fällt,
liest er den allerneuesten Quatsch
der Lenker dieser Welt?
's ist Mr. Dooley,
Mr. Dooley,
der kühlste Kerl, den im Lande ich seh.
›Die wolln dem Planeten
doch bloß an die Kröten‹,
sagt Mr. Dooley-ooley-ooley-öh.

Wer ist der komische Kauz, der partout
nicht zur Kirche mehr gehen kann,
seit Papst und Priester und Pfaffe im Stich
gelassen den kleinen Mann
und den Herden gepredigt, der einzige Weg,
die Seelen zu retten, sei,
die Leiber zu durchlöchern mit
Dumdum-Geschossen aus Blei?
's ist Mr. Dooley,
Mr. Dooley,
der mildeste Mensch, den im Lande ich seh.
›Wer wird uns erlösen
von Jesus, dem chauvinösen?‹
fragt Mr. Dooley-ooley-ooley-öh.

Who is the meek philosopher
who doesn't care a damn
About the yellow peril or
problem of Siam
And disbelieves that British Tar
is water from life's fount
And will not gulp the gospel of
the German on the Mount?
It's Mr Dooley,
Mr Dooley,
The broadest brain our country ever knew
›The curse of Moses
On both your houses‹
Cries Mr Dooley-ooley-ooley-oo.

Who is the cheerful imbecile
who lights his long chibouk
With pages of the pandect, pe-
nal code and Doomsday Book
And wonders why bald justices
are bound by law to wear
A toga and a wig made out
of someone else's hair?
It's Mr Dooley,
Mr Dooley
The finest fool our country ever knew
›They took that toilette
From Pontius Pilate‹
Thinks Mr Dooley-ooley-ooley-oo.

Who is the man who says he'll go
the whole and perfect hog
Before he pays the income tax
or license for a dog

Wer ist der sanfte Philosoph,
dem alles schnurzegal,
von der Gelben Gefahr bis zum Siam-Problem
und was sonst so steht im Journal,
und der nicht glaubt, daß Marine-Teer
aus der Lebensquelle fließt,
und nicht schluckt, was der Kaiser auf dem Berg
predigt als Evangelist?
's ist Mr. Dooley,
Mr. Dooley,
der klügste Kopf, den im Lande ich seh.
›Den Fluch des Mose
über die ganze Chose!‹
ruft Mr. Dooley-ooley-ooley-öh.

Wer ist der fröhliche Schwachkopf, der
sich den Tschibuk profan
mit Seiten aus dem Strafgesetz
als Fidibus steckt an
und staunt, daß ein kahler Richter von
Gesetzes wegen Talar
und eine Perücke tragen muß,
gemacht aus fremdem Haar?
's ist Mr. Dooley,
Mr. Dooley,
der netteste Narr, den im Lande ich seh.
›Die haben den Status
von Pontius Pilatus‹,
denkt Mr. Dooley-ooley-ooley-öh.

Wer ist der Mann, der sagt, eher geht
zugrunde das Erdenrund,
als daß er Einkommensteuer zahlt
oder Steuer für seinen Hund,

And when he licks a postage stamp
regards with smiling scorn
The face of king or emperor
or snout of unicorn?
It's Mr Dooley,
Mr Dooley,
The wildest wag our country ever knew
›O my poor tummy
His backside gummy!‹
Moans Mr Dooley-ooley-ooley-oo.

Who is the tranquil gentleman
who won't salute the State
Or serve Nebuchadnezzar or
proletariat
But thinks that every son of man
has quite enough to do
To paddle down the stream of life
his personal canoe?
It's Mr Dooley,
Mr Dooley,
The wisest wight our country ever knew
›Poor Europe ambles
Like sheep to shambles‹
Sighs Mr Dooley-ooley-ooley-oo.

und der, wenn er Briefmarken lecken muß,
mit lächelndem Hohn das Gesicht
von King oder Kaiser besieht, der drauf,
oder von sonst einem Wicht?
's ist Mr. Dooley,
Mr. Dooley,
der dollste Drückeberger, den im Lande ich seh.
›Mein armer Magen
kann den Leim nicht vertragen!‹
stöhnt Mr. Dooley-ooley-ooley-öh.

Wer ist der stille Gentleman,
der nicht grüßen will den Staat
und weder Nebukadnezar dient
noch dem Proletariat,
sondern meint, daß ein jeder Menschensohn
wahrhaftig genug daran hat,
hinunterzupaddeln den Lebensstrom
sein Kanu ganz privat?
's ist Mr. Dooley,
Mr. Dooley,
das schlauste Geschöpf, das im Lande ich seh.
›Europas Strafe:
die Schlachtbank für Schafe!‹
seufzt Mr. Dooley-ooley-ooley-öh.

1918

Oh! Budgen, boozer, bard, and canvas dauber,
If to thine eyes these lines should some time come
Bethink thee that the fleshpots of old Egypt
Nothing avail if beauty's heart would beat;
Wherefore forswear butter besmeared Ravioli
Which do the mainsprings of thy talent clog
On Roggenbrot, and Joghurt, and cold water
Paint and be damned. We wait. Begin, and end.

AN BUDGEN, DEN FLOTTEN KESSELFLICKER[56]

O Budgen, Säufer, Barde, Leinwandkleckser,
Wenn deine Augen diese Zeilen schaun,
Bedenke, daß die Fleischtöpfe Ägyptens
Der Kunst nicht frommen, wenn sie mahnend naht;
Entsage denn den Butter-Ravioli,
Die deinem Geistesflug nur Fesseln sind –
Bei Joghurt, Roggenbrot und kaltem Wasser
Male und sei verdammt! Wir warten. Komm zu Potte!

1918

Up to rheumy Zurich came
        an Irish man one day,
And as the town was rather dull
        he thought he'd give a play,
So that the German propagandists
        might be rightly riled,
But the bully British Philistine
        once more drove Oscar Wilde.

Chorus:
  Oh, the C. G. is not literary,
  And his handymen are rogues.
  The C. G.'s about as literary
  As an Irish kish of brogues.
  We have paid up all expenses
  As the good Swiss Public knows,
  But we'll be damned well damned
        before we pay for
  Private Carr's swank hose.

When the play was over Carr
        with rage began to dance,
Saying I want twenty quid
        for them there dandy pants,
So fork us out the tin or Com-
        rade Bennett here and me,
We're going to wring your bloody necks,
        we're out for liberty.

DER G. K., DER IST UNGEBILDET[57]

Im schnupfenfreundlichen Zürich sucht'
eines Tages ein Ire sein Glück,
Und da die Stadt recht öde war,
plant' er ein Theaterstück,
Das den deutschen Propagandisten dort
eine kleine Lehre erteilt',
Doch die britischen Spießer hetzten sofort
wie eh' den Oscar Wilde.

Chor:
Ah, der G. K., der ist ungebildet,
Und die Handlanger tun es ihm gleich.
Der G. K. ist etwa so fein gebildet,
Wie ein irischer Stiefel weich.
Wir bezahlten sämtliche Kosten,
Wie das Schweizer Publikum weiß,
Doch der Teufel soll uns holen, wenn dem Carr wir je
bezahlen
Die Hosen für seinen Steiß.

Als nun das Stück gelaufen, fing
Carr an, sich zu erbosen,
Und sagte, ich will zwanzig Pfund
für meine Stutzerhosen!
Heraus mit dem Moos, los, ehe ich mir
den Kam'raden Bennett hole
Und wir euch gemeinsam die Hälse umdrehn,
denn die Freiheit ist unsre Parole!

Chorus:
As before.

They found a Norse solicitor
to prove that white was black,
That one can boss in Switzerland
beneath the Union Jack;
They went off to the Gerichtshof, but
came back like Jack and Jill
For the pants came tumbling after, and
the judge is laughing still.

Chorus:
Oh, the C. G. is not literary,
And his handymen are rogues.
The C. G.'s about as literary
As an Irish kish of brogues
So farewell, bruiser Bennett,
And goodbye, Chummy Carr,
If you put a beggar up on horseback,
Why 'e dunno where 'e are.

Chor:
Wie vorher.

Sie fanden 'nen nordischen Rechtsanwalt,
der bewies, daß die Wahrheit ein Dreck
Und daß in der Schweiz man sich aufspielen kann
auch unter dem Union Jack;
Sie gingen vors Hohe Gericht, doch bald
erschienen sie wieder erblaßt,
Denn die Chose ging in die Hose, und
der Richter lacht' sich 'nen Ast.

Chor:
Ah, der G. K., der ist ungebildet,
Und die Handlanger tun es ihm gleich.
Der G. K. ist etwa so fein gebildet,
Wie ein irischer Stiefel weich.
Adieu denn, Raufbold Bennett,
Mach's gut, Genosse Carr –
Wenn einen Schelm in den Sattel man hebt,
Steigt allemal runter ein Narr.

1918

THERE's an anthropoid consul called Bennett,
With the jowl of a jackass or jennet,
He must muzzle or mask it
In the waste paper basket,
When he rises to bray in the Senate.

Konsul Bennett,[58] von Menschengestalt,
Läßt sein Eselsohr selber nicht kalt,
Und so stülpt er lieber
'nen Papierkorb drüber,
Wenn sein Konsuls-I-ah erschallt.

1918

The pig's in the barley,
The fat's in the fire:
Old Europe can hardly
Find twopence to buy her.
Jack Spratt's in his office,
Puffed, powdered and curled:
Rumbold's in Warsaw –
All's right with the world.

DER RECHTE MANN AM FALSCHEN PLATZ[59]

Die Maden sind im Speck,
Das Öl ist im Feuer:
Für das alte Europa
Ist noch ein Groschen zu teuer.
Jack Spratt sitzt im Amte,
Fesch, munter und flott,
Und Rumbold in Warschau –
Die Welt ist im Lot!

1919

Of spinach and gammon
Bull's full to the crupper
White lice and black famine
Are the Mayor of Cork's supper;
But the pride of old Ireland
Must be damnably humbled
If a Joyce is found cleaning
The boots of a Rumbold.

S.O.S.

DAS RECHTE HERZ AUF DEM FALSCHEN FLECK[60]

Von Spinat voll und Schinken
Ist John Bull bis zur Kruppe;
Weiße Läuse und Hunger
Sind des Cork-Mayors Suppe.
Doch der Stolz Alt-Irlands
Wird zum Jammer und Übel,
Wenn ein Joyce muß putzen
Einem Rumbold die Stiebel.

S.O.S.
1920

A bard once in lakelapped Sirmione
Lived in peace, eating locusts and honey
    Till a son of a bitch
    Left him dry on the beach
Without clothes, boots, time, quiet or money.

SIRMIONE[61]

Einst lebte ein Barde hienieden,
Fraß Heuschreck'n und Honig in Frieden,
  Doch ein mieser Bock
  Ließ ihn ohne Rock,
Geld, Zeit, Ruhe am Strande sieden.

1920

Man dear, did you never hear
of buxom Molly Bloom at all
As plump an Irish beauty, sir,
as Annie Levi-Blumenthal?
If she sat in the vice regal box
Tim Healy'd have no room at all,
But curl up in a corner at
a glance from her eye.
The tale of her ups and downs would aisy
fill a handybook
That would cover the two worlds at once
from Gibraltar cross to Sandy Hook,
But now that tale is told, ochone,
I've lost my daring dandy look:
Since Molly Bloom has left me here
alone for to cry.

Man dear, I remember when
my roving time was troubling me
We picknicked fine in storm or shine
in France and Spain and Hungary,
And she said I'd be her first and last
while the wine I poured went bubbling free.
Now every male you meet with has
a finger in her pie.
Man dear, I remember how
with all the heart and brain of me
I arrayed her for the bridal, but,
oh, she proved the bane of me,
With more puppies sniffing round
her than the wooers of Penelope
She's left me on the doorstep like
a dog for to die.

Mann, hast du denn noch nie gehört
von der drallen Molly Bloom,[62]
Einer irischen Schönheit, Sir, so prall
wie Annie Levy Blumenthum?
Wenn sie saß in des Vizekönigs Loge,
verließ Tim Healy gleich der Mumm,
Er verkroch sich auf einen Wink ihres Augs
in der Ecke und wurde rot.
Ihre Lebensgeschichte, bewegt wie nichts,
füllt' leicht auf einen Zug
Ein Handbuch, das die ganze Welt
umfaßt' von Gibraltar bis Sandy Hook;
Doch nun die Geschichte erzählt ist, hab
ich verlorn, herrje!, meinen Dandy-Look,
Denn Molly Bloom ist fort, und mir
bleibt: nur der Tod.

Mann, ich entsinne mich noch sehr gut,
wie ich ganz außer Rand und Band:
Wir picknickten fein im Sonnenschein
in Frankreich und Spanien und Ungarnland,
Und sie sagte, ich wäre ihr Erster und Letzter,
während der Wein floß unverwandt.
Aber jetzt hat ein jeder Fant, der sie trifft,
die Finger bei ihr im Versteck.
Mann, ich entsinne mich noch, wie ich
sie für ihren Ehestand
Von Herzen und Hirn herausgeputzt,
doch ach! ich war nur ein Passant
Unter jungen Laffen, zahlreicher noch,
als Penelope jemals Freier fand:
Sie ließ mich auf der Schwelle wie
einen Hund: daß ich verreck'.

My left eye is awash and his
neighbour full of water, man,
I cannot see the lass I limned
for Ireland's gamest daughter, man,
When I hear her lovers tumbling in
their thousands for to court her, man,
If I were sure I'd not be seen
I'd sit down and cry.
May you live, may you love like
this gaily spinning earth of ours,
And every morn a gallant sun
awake you to fresh wealth of gold,
But if I cling like a child to the clouds
that are your petticoats,
O Molly, handsome Molly, sure
you won't let me die?

Mein linkes Auge tränt, und sein
Nachbar ist randvoll Wasser, Mann:
Nicht sehn mehr kann ich das Mädchen, in dem
ich Irlands willigste Tochter gewann;
Wenn ich hör' ihre Liebhaber tausendweis'
sich tummeln, den Hof ihr zu machen, dann
Tät' gerne, säh' mich nur keiner dabei,
ich heulen wie ein Wicht.
So lebe denn, liebe denn fröhlich dahin,
der sich drehenden Erde zum Zwecke,
Und allmorgendlich eine galante Sonn'
dich zu frischem Reichtum von Gold erwecke;
Doch wenn an die Wolken ich klammere mich,
die da sind deine Unterröcke,
O Molly, hübsche Molly, dann läßt
du bestimmt: sterben mich nicht?!

1925

ROUEN is the rainiest place getting
Inside all impermeables, wetting
Damp marrow in drenched bones.
Midwinter soused us coming over Le Mans
Our inn at Niort was the Grape of Burgundy
But the winepress of the Lord thundered over
that grape of Burgundy
And we left it in a hurgundy.
(Hurry up, Joyce, it's time!)

I heard mosquitoes swarm in old Bordeaux
So many
I had not thought the earth contained
so many
(Hurry up, Joyce, it's time)

Mr Anthologos, the local gardener,
Greycapped, with politeness full of cunning
Has made wine these fifty years
And told me in his southern French
Le petit vin is the surest drink to buy
For if 'tis bad
Vous ne l'avez pas payé
(Hurry up, hurry up, now, now, now!)

But we shall have great times,
When we return to Clinic, that waste land
O Esculapios!
(Shan't we? Shan't we? Shan't we?)

ROUEN ist die wässrigste Ortschaft, es preßt
Sich durch alles, was wasserdicht sein soll, es näßt
Noch das Mark der durchweichten Knochen.
Schon Le Mans hatt' den Mut uns gebrochen.
Unser Gasthof in Niort hieß ›Die Traube von Burgund‹,
Doch des lieben Gottes Kelter preßt' sie
donnernd in den Grund,
Und uns wurde's zu bunt.
(Beeilung, Joyce, wir schließen!)

Ich hörte Moskitos schwärmen im alten Bordeaux –
So viele!
Ich hätt' nicht gedacht, die Erde fasse
so viele
(Beeilung, Joyce, wir schließen!)

Herr Anthologos, der Gärtner des Orts,
Graumützig, höflich und listenreich,
Hat fünfzig Jahre schon Wein gemacht
Und sagt' mir in seinem Süd-Französisch:
Le petit vin ist der sicherste Kauf überhaupt,
Denn ist er schlecht,
Vous ne l'avez pas payé!
(Beeilung, Beeilung, los, los, los!)

Doch große Zeiten stehn uns noch bevor,
Wenn's in die Klinik zurückgeht, das wüste Land –
O Aesculapius!
(Schand die Schand die Schand, die![63])

1925

THERE's a coughmixture scopolamine
And its equal has never been seen
  'Twould make staid Tutankamen
  Laugh and leap like a salmon
And his mummy hop Skotch on the green.

's GIBT 'nen Hustensaft Scopolamin,[64]
Da steckt wirklich Musieke drin:
  Sogar Tut-ench-amen
  Wär' rasch wieder beisammen,
Göß ihm hinter die Binden man ihn.

1925

TROPPA GROSSA, SAN GIACOMONE!

E. P. exults in the extra inch
Wherever the ell it's found
But wasn't J. J. a son of a binch
To send him an extra pound?

TROPPA GROSSA, SAN GIACOMONE![65]

E. P. ist von jedwedem Extra-Zoll,
Wo immer zur Elle, entzückt,
Aber war nicht J. J. ein verdammter Troll,
Als ein Extra-Pfund er ihm schickt'?

1926

There's a genial young poetriarch Euge
Who hollers with heartiness huge:
  Let sick souls sob for solace
  So the *jeunes* joy with Jolas!
Book you berths! *Après mot, le déluge.*

Ein Poet, den sie Euge benannten,[66]
Dessen Worte schier Grenzen nicht kannten:
  Was soll all das Gestöhn?
  Freut euch Jolas', ihr *jeunes*!
Après mot, le déluge! In die Wanten!

1927

Buy a book in brown paper
From Faber & Faber
To see Annie Liffey trip, tumble and caper.
Sevensinns in her singthings,
Plurabelle on her prose,
Seashell ebb music wayriver she flows.

Habt dies Buch,[67] braun gebunden,
Ihr bei Faber gefunden,
So seht, wie Ann' Liffey tripptuppt um die Runden.
Siebensündig im Singsack,
Plurabelle in der Pros',
Muschickert sie seeisch, worinnernd sie floß.

1929

Humptydump Dublin squeaks through his norse
Humptydump Dublin hath a horrible vorse
And with all his kinks english
Plus his irismanx brogues
Humptydump Dublin's grandada of all rogues.

HAMPELDUMM Dublin kwiekt durch die Näs',
Hampeldumm Dublin kwattscht gräßlichen Käs',
Und sein Gähnichs-Inglisch
Plus sein irrisch Gemanx
Mach'n ihn zum Schlitzohr par exzellanx.

O Father O'Ford, you've a masterful way with you,
Maid, wife and widow are wild to make hay with you,
Blonde and brunette turn about, run away with you,
You've such a way with you, Father O'Ford.

That instant they see the sun shine from your eye
Their hearts flitterflutter, they think and they sigh:
We kiss ground before thee, we madly adore thee,
And crave and implore thee to take us, O Lord.

O VATER O'Ford,[68] das geht wirklich ſrappant mit dir,
Mädchen und Frau'n sind im Nu schon bekannt mit dir,
Blonde und Braune abwechselnd galant mit dir,
Das geht frappant mit dir, Vater O'Ford!

Kaum haben den Strahl deiner Augen sie erblickt,
Da flattern schon die Herzchen, und sie seufzen verzückt:
Wir küssen dir die Zehen, nur dein Wille soll geschehen,
Wir beten und flehen: Nimm uns zu dir, o Lord!

1931

EPILOGUE TO IBSEN'S »GHOSTS«

Dear quick, whose conscience buried deep
The grim old grouser has been salving.
Permit one spectre more to peep.
I am the ghost of Captain Alving.

Silenced and smothered by my past
Like the lewd knight in dirty linen
I struggle forth to swell the cast
And air a long-suppressed opinion.

For muddling weddings into wakes
No fool could vie with Parson Manders.
I, though a dab at ducks and drakes,
Let gooseys serve or sauce their ganders.

My spouse bore me a blighted boy,
Our slavey pupped a bouncing bitch.
Paternity, thy name is joy
When the wise sire knows which is which.

Both swear I am that self-same man
By whom their infants were begotten.
Explain, fate, if you care and can
Why one is sound and one is rotten.

Olaf may plod his stony path
And live as chastely as Susanna
Yet pick up in some Turkish bath
His *quantum est* of *Pox Romana*.

While Haakon hikes up primrose way,
Spreeing and gleeing as he goes,

EPILOG ZU IBSENS »GESPENSTERN«

Ihr werten Lebendigen, deren Gewissen
Der grimm' alte Murrkopf salviert hat so dreist,
Erlaubt: als ein weitres Gespenst, euch zu grüßen,
Nah' ich, des Kammerherrn Alving Geist.

Erstickt von meiner Vergangenheit
Wie der böse Ritter in schmutzigen Sachen,
Plagt's mich, der Besetzung ein neues Kleid
Sowie meiner Meinung frisch Luft zu machen.

Zum Leichenschmaus nebeln die Hochzeitsfreuden –
Kein Narr macht Freund Manders da streitig den Stuhl.
Doch mir, ob schon Meister im Geldvergeuden,
Soll Nachtigall sein, was dem andern sin Uhl.

Mein Eh'weib gebar mir 'nen Jungen mit Tick,
Unser Dienstmädchen warf ein putzmunteres Aas.
O Vaterschaft, dein Name ist Glück –
Wenn der Vater, der weise, auch weiß, wo und was.

Beide schwören, ich sei der höchstselbige Mann,
Von dem ihre Bälger sie einstens empfangen.
Erklär' mir das Schicksal, wenn's mag und kann,
Wieso eins gesund, eins verfault von den Rangen.

Olaf mag gern seinen steinigen Pfad
Hintrotten und leben so keusch wie Susanna
Und höchstens in einem türkischen Bad
Sich holen sein *quantum* der *Pox Romana*.

Während Haakon sein Sträßlein gar fröhlich zieht
Und dumm und fidel in die Gegend stiert,

To smirk upon his latter day
Without a pimple on his nose.

I gave it up I am afraid
But if I loafed and found it fun
Remember how a coyclad maid
Knows how to take it out of one.

The more I dither on and drink
My midnight bowl of spirit punch
The firmlier I feel and think
Friend Manders came too oft to lunch.

Since scuttling ship Vikings like me
Reck not to whom the blame is laid,
Y. M. C. A., V. D., T. B.
Or Harbourmaster of Port-Said.

Blame all and none and take to task
The harlot's lure, the swain's desire.
Heal by all means but hardly ask
Did this man sin or did his sire.

The shack's ablaze. That canting scamp,
The carpenter, has dished the parson.
Now had they kept their powder damp
Like me there would have been no arson.

Nay, more, were I not all I was,
Weak, wanton, waster out and out,
There would have been no world's applause
And damn all to write home about.

So daß, wenn sein letztes Stündchen er sieht,
Garantiert kein Pickel sein Grinsen verziert.

Ich fürchte, da bleiben diverse Lücken.
Doch hab ich zum Spaß mich auch manchmal verguckt,
Bedenkt, wie's auch zimperlich tuende Zicken
Sich schadlos an einem zu halten juckt.

Je mehr mich verdattert das ganze Gezänke
Und ich trink' meinen mitternächtlichen Punch,
Desto sicherer wird mein Gefühl, und ich denke:
Freund Manders kam zu oft zum Lunch!

Da Schiffchen-anbohrende Vikinger eh'
Sich nicht kümmern, wem so was zu Lasten geit,
Dem C. V. J. M., der V. K., der Tb.
Oder 'm Hafenmeister von Port Said,

Beschuldigt denn alle und keinen, verklagt
Die Reize am Kätzchen, die Gier im Kater, -
Versöhnt nach Kräften, doch nimmermehr fragt,
Ob der Mann da gesündigt oder sein Vater.

Die Bruchbude brennt. Den Pastor, den kalten,
Hat der winselnde Zimmermann auf dem Gewissen.
Und hätten ihr Pulver schön feucht sie gehalten
Wie ich, so wär' leicht auch der Brand jetzt zu missen.

Nein, mehr noch: wär' *ich* nicht, das Stück zu beleben,
Ein Prasser und Lüstling in frommen Gefilden,
Es hätt' in der Welt nie Applaus gegeben
Und keinerlei Grund, sich was einzubilden.

1934

COME all you lairds and ladies and
listen to my lay!
I'll tell of my adventures
upon last Thanksgiving Day
I was picked by Madame Jolas to
adorn the barbecue
So the chickenchoker patched me till
I looked as good as new.

I drove out, all tarred and feathered, from
the Grand Palais Potin
But I met with foul disaster in
the Place Saint Augustin.
My charioteer collided – with
the shock I did explode
And the force of my emotions shot
my liver on the road.

Up steps a dapper sergeant with
his pencil and his book.
Our names and our convictions down
in Leber's code he took.
Then I hailed another driver and
resumed my swanee way.
They couldn't find my liver but
I hadn't time to stay.

When we reached the gates of Paris cries
the boss at the Octroi:
Holy Poule, what's this I'm seeing. Can
it be Grandmother Loye?

KOMMT her, all ihr Lairds und Ladies,[69] und
lauscht meinem Heldengesang:
Ich erzähl euch das Abenteuer, das
zu Thanksgiving mir gelang!
Madame Jolas hatt' mich erlesen, zu
schmücken die Festbraterei,
Und so flickt' mich der Hühnerwürger so
zusamm', daß ich aussah wie neu.

Ich fuhr, geteert und gefedert, los
vom Grand Palais Potin,[70]
Doch passiert' mir ein böses Unglück dort
auf der Place Saint Augustin.
Mein Wagenlenker hatte daselbst
einen schlimmen Zusammenstoß –
Vor Schreck ging ich zack! aus den Fugen, und
die Leber, die flog in die Goss'.

Alsbald erschien nun ein Polizist,
adrett mit Notizbuch und Stift.
Unsre Namen mitsamt Überzeugung hielt
er fest in Leber-Schrift.
Dann rief einen anderen Fahrer ich
und setzte fort meinen Weg.
Meine Leber war nicht zu finden, doch
zu verweilen hatt' auch keinen Zweck.

Als wir das Stadttor erreichten, rief
der Wächter am Octroi:
Ach du heilige Poule! Was muß ich da sehn?
Ist das nicht *grand'mère l'Oye*?

When Caesar got the bird she was
the dindy of the flock
But she must have bowed a round or two
with some old turkey cock.

I ruffled up my plumage and
proclaimed with eagle's pride:
You jackdaw, these are truffles and
not blues on my backside.
Mind, said he, that one's a chestnut. There's
my bill and here's my thanks
And now please search through your stuffing and
fork out that fifty francs.

At last I reached the banquet-hall –
and what a sight to see!
I felt myself transported back
among the Osmanli
I poured myself a bubbly flask
and raised the golden horn
With three cheers for good old Turkey and
the roost where I was born.

I shook claws with all the hammers and
bowed to blonde and brune
The mistress made a signal and
the mujik called the tune.
Madamina read a message from
the Big Noise of her State
After which we crowed in unison:
That Turco's talking straight!

We settled down to feed and, if
you want to know my mind,
I thought that I could gobble but
they left me picked behind,

Als Caesar die Henne bekommen, war's
der Stolz der ganzen Stadt,
Doch jetzt hat sie wohl mit 'nem Puter geboxt,
und der Eindruck ist reichlich matt.

Ich stellte mein Gefieder auf
und verkündete ihm gar kecke:
Du Dohle, das sind Trüffeln hier,
nicht etwa blaue Flecke!
Sagt' er: 's sieht mir mehr nach Kastanien aus –
hier die Rechnung, mit bestem Dank,
Und nun grab mal in deiner Füllung nach
und rück raus mit den fünfzig Francs!

Zuletzt traf ich im Festsaal ein –
desgleichen sah ich noch nie!
Ich fühlte mich glatt zurückversetzt
wohl unter die Osmanly!
Ich goß mir ein sprudelnd Fläschchen ein
und hob das goldene Horn:
Ein dreifach Hoch dem Truthahn und
dem Stall, darin er geborn!

Ich hob mit allen Hämmern die Krall'n,
verneigt' mich vor sämtlichen Gästen.
Die Hausfrau gab ein Zeichen und
der Muschik[71] ein Lied zum besten.
Madamina[72] las eine Botschaft vor
von dem Großen Lärm ihres Lands,[73]
Worauf unisono wir alle gekräht:
Der Turko, jawohl, der kann's!

Wir setzten uns hin, um zu schmausen, und
da nahm man mich voll auf die Schippe.
Ich dacht' ja, ich könnte noch kollern, doch
man benagte mich bis aufs Gerippe.

They crammed their crops till cockshout when
like ostriches they ran
To hunt my missing liver round
the Place Saint Augustin.

Envoi

Still I'll lift my glass to Gallia and
augur that we may
Untroubled in her dovecote dwell
till next Thanksgiving Day.
So let every Gallic gander pass
the sauceboat to his goose –
And let's all play happy homing though
our liver's on the loose.

Thanksgiving Day, 1937
Neuilly, Paris

Man schlug sich den Wanst bis zum Hahnenschrei voll,
und stürzte alsdann mit Gedräng',
Meine fehlende Leber zu finden, davon
zur Place Saint Augustin.

Envoi

Doch nun heb' ich mein Glas auf Gallia, um
das Wort dem Wunsch zu erteilen,
Daß wir alle in ihrem Taubenschlag
auch beim nächsten Thanksgiving weilen!
Jeder gallische Gänserich reiche alsdann
seiner Gans von dem leckeren Vieh,
Und wir stoßen auf fröhliche Heimkehr an,
ist auch die Leber perdü!

TILLY

Der Dichter, der diese Pöme gedichtet,
hat schwerlich beschwertere Arbeit verrichtet
als jener Wicht, der das Ungereimte
zu Reimen hier wieder zusammenleimte: –
er lebt nicht mehr – sei er drum Gott befohlen;
lebt' er noch, sollt' ihn der Deubel holen!

1979

Ecce Puer

(1932)[74]

Of the dark past
A child is born;
With joy and grief
My heart is torn.

Calm in his cradle
The living lies.
May love and mercy
Unclose his eyes!

Young life is breathed
Upon the glass;
The world that was not
Comes to pass.

A child is sleeping;
An old man gone.
O, father forsaken,
Forgive your son!

ECCE PUER

Aus dunkel Vergangnem
Ein Kind geborn;
In Freude und Kummer
Mein Herz verlorn.

Still dort im Bettchen
Das Lebende liegt.
Von Liebe und Gnade
Sei es gewiegt!

Jung Leben atmet
In stiller Gewalt;
Die Welt, die nicht war,
Wird Gestalt.

Ein Kindlein schlafend;
Ein Alter davon.
O verlassener Vater,
Vergib deinem Sohn!

Anhang

Anmerkungen zu den Gedichten

1 Im Angloirischen bedeutet ›Tilly‹ eine Zugabe – das dreizehnte Stück im sogenannten Bäckerdutzend. Das Gedicht ist hier das dreizehnte Pennystück der Sammlung, die nach Joyces Wünschen für einen Schilling (= 12 Pennies) verkauft wurde. – Cabra ist ein Vorort im Norden Dublins.

2 »Das Gedicht wurde konzipiert, während er Stanislaus – der gerne an Sportveranstaltungen teilnahm – bei einem Rennen von Muschelbooten bei San Sabba in der Nähe von Triest zuschaute. Als die Kahnfahrer aufs Ufer zuruderten, begannen sie eine Arie aus Puccinis *La Fanciulla del West* zu singen. Joyces Gedicht machte sich die traurige Schlußzeile zunutze: ›e non ritornerò più‹.« Siehe Richard Ellmann, *James Joyce*, Frankfurt 1979, st 473, 541.

3 Rahoon ist ein Ort in der Nähe von Galway, im Westen Irlands. Dort liegt ein frühverstorbener Verehrer Nora Barnacles, Michael Bodkin, begraben. In der Erzählung ›Die Toten‹ wird eine analoge Situation beschrieben mit einem jugendlichen Verehrer Gretta Conroys, Michael Furey, der auf dem Friedhof von Oughterard, auch in der Nähe von Galway, begraben ist.

4 Der Titel bezieht sich auf eine Arie aus der Oper *La Sonnambula* von Bellini. Die englische Version ist ›All is lost now‹, die im Sirenenkapitel des *Ulysses* variiert wird (›Alles ist jetzt verloren‹). Ellmann vermutet als Erlebnishintergrund das Scheitern von Joyces Werben um Amalia Popper, das auch dem Prosastück *Giacomo Joyce* zugrunde liegt.

5 Siehe ›English Players‹ in Anmerkung 57.

6 Auf der Bahnhofstraße in Zürich hatte Joyce 1917 einen Anfall seines Augenleidens (›grüner Star‹).

7 Fragment aus der verlorenen Verskomödie *Dream Stuff* (1900).

8 Fragmente aus einer verlorenen Gedichtsammlung (um 1900).

9 Einzig erhaltenes Fragment aus dem Theaterstück *A Brilliant Career* (1900), Teil einer Zigeunerweise.

10 Lady Augusta Gregory, von deren Mäzenatentum Joyce sich Ende 1902 Unterstützung erhoffte, als er zum Studium nach Paris aufbrach; er mußte sich jedoch mit Empfehlungsbriefen und guten Ratschlägen begnügen. Ellmann 185.

11 W. K. Magee, der unter dem Pseudonym ›John Eglinton‹ feinsinnig stilisierte Essays schrieb, sich im Sinne seines Vorbilds Matthew Arnold als Kelten verstand, jedoch puritanische Lebensgewohnheiten hatte; Bibliothekar in der Dubliner Nationalbibliothek. Vgl. seine Charakteristik im *Ulysses*-Kapitel ›Skylla und Charybdis‹. Ellmann 200 f.

12 Joyce hatte kurz nach Mitte Mai 1904 bei einem Sängerwettbewerb in Dublin die Bronzemedaille gewonnen. Da er die Zeitungs-Rezensionen als Empfehlungen verwenden wollte, bat er den Schriftsteller Seumas

O'Sullivan (bürgerlich James S. Starkey), der eine Schreibmaschine besaß, für ihn Abschriften herzustellen. Die Verse sind eine Parodie auf O'Sullivans Gedicht ›Praise‹ Ellmann 250 f.

13 Joyce erschien in Dublin häufig bei den Proben der Nationaltheater-Gesellschaft, deren Direktoren die Brüder Frank und William Fay waren. Bei einem Besuch am 20. 6. 1904 war er so betrunken, daß er auf dem Gang zusammenbrach; die Schauspielerin Vera Esposito stolperte dort über ihn und mußte über ihn wegschreiten. Mit seinen Versen rächte sich Joyce dafür, daß er anschließend von den Brüdern Fay aus dem Theater hinausgeworfen wurde. Ellmann 264.

14 Das ›Heilige Offizium‹ (= die römische Inquisition) ist ein Strafgericht, das der 22jährige Joyce über die zeitgenössischen Literaten Dublins hielt, bevor er Ende 1904 Dublin verließ. Sein Versuch, es noch vor seiner Abreise dort zu verbreiten, scheiterte; erst im Juni 1905 ließ er bei einem Drucker in Pola oder Triest einen Privatdruck in 50 Exemplaren herstellen und diese durch seinen Bruder Stanislaus an die meisten seiner Opfer gelangen. Ellmann 270 und 320.

15 Zielt besonders auf George Russell und William Butler Yeats.

16 Verspottet den Kontrast zwischen der ›Intensität‹, die Yeats als erste Eigenschaft vom Dichter forderte, und seinem bürgerlich gesetzten Privatleben.

17 Anspielung auf das Abbey Theatre in Dublin, das Yeats leitete.

18 Annie B. Horniman und Lady Augusta Gregory, die das Abbey Theatre subventionierten und mit Yeats befreundet waren.

19 Anspielung auf die Ornamente, mit denen Yeats' Bücher ausgestattet waren.

20 John Millington Synge, der einer der maßgebenden Dramaturgen am Abbey Theatre war.

21 Oliver St. John Gogarty, der sich als Snob gefiel: das Vorbild für den Buck Mulligan im *Ulysses.*

22 Padraic Colum.

23 John Eglinton (W. K. Magee – vgl. Anm. 11).

24 George Roberts, Direktor des Verlagshauses Maunsel & Co in Dublin, der George Russell (s. Anm. 26) in einem Gedicht als »teuren Meister« apostrophiert hatte.

25 Seumas O'Sullivan (James S. Starkey – vgl. Anm. 12).

26 George William Russell (›A. E.‹), der starke okkultistische Neigungen hatte und mit seinen Visionen Joyces besondere Spottlust herausforderte.

27 Anspielung auf Jesaja 1, 18.

28 Das ›Mahamanvantara‹ (nach indischer Lehre einer der großen Weltzyklen) ist hier, in Joyces Original wie in der Übersetzung, als ›Mahámanvantára‹ zu skandieren.

29 Die Satire richtet sich gegen den Verleger George Roberts (s. Anm. 24) und den Drucker John Falconer, die beide im ›Ich‹ des Textes verschmolzen sind. Zur langen Leidensgeschichte des Buches *Dubliners* s. Ellmann passim. 1912 hatte Roberts, nachdem Joyce zu keinen Änderungen mehr bereit war, die Veröffentlichung des schon ausgedruckten Werks endgültig abgelehnt und dem Autor angeboten, ihm die Druckbogen zur anderwei-

tigen Verwendung zu verkaufen. Der Drucker Falconer weigerte sich jedoch, diese herauszugeben, da er nicht an einer »unpatriotischen« Tat mitwirken wollte, verzichtete auf seine Kostenansprüche und vernichtete (lt. Joyce: verbrannte) am 11. 9. den gesamten Druckbestand. Joyce verließ daraufhin Irland endgültig und schrieb noch im Zug nach München seine Satire gegen die beiden Patrioten; in Triest, wo er am 15. 9. ankam, ließ er einen Privatdruck davon herstellen und schickte ihn seinem Bruder Charles zur Verteilung nach Dublin. Ellmann 520 ff.

30 Charles Stewart Parnell, der Führer der irischen Nationalisten, der durch eine Privataffäre zu Fall kam, wurde bei einem Besuch in Castlecomer vom Pöbel mit ungelöschtem Kalk beworfen: ein Vorfall, der Joyce zeitlebens Angst vor einem ähnlichen Schicksal einflößte und mit bewirkte, daß er nach 1912 nie wieder irischen Boden betrat. Ellmann 527 f.

31 Monsignore William J. Walsh, der Erzbischof von Dublin.

32 Joyces Spitzname für Joseph Campbell – in Anspielung auf dessen Buch *The Montainy Singer*, das 1909 bei Maunsel & Co erschienen war.

33 Campbells Drama *Judgment*, bei Maunsel & Co 1912 erschienen.

34 *The Apostle* von George Moore, ein Stück, das eine Begegnung zwischen dem Apostel Paulus und dem ›Wort‹ (Christus) beschreibt. Die Rede kommt dabei auch auf die physischen Vorzüge der Jungfrau Maria, und im Vorwort belegt Moore seine Entdeckung, daß die Bibel auch sinnliche Passagen enthalte, mit einem Hinweis auf die Beine der Bathseba, deren Anblick den König David zum Ehebruch veranlaßte (2. Samuel 11).

35 James Cousins, Theosoph und Mystiker, von dem bei Maunsel & Co mehrere Gedichtbände erschienen waren.

36 Lady Augusta Gregory (vgl. Anm. 10 und 18).

37 Padraic Colum.

38 Spielt auf den Skandal bei der Uraufführung der Tragikomödie *The Playboy of the Western World* von J. M. Synge an (Abbey Theatre, Dublin 1907), wo das Wort ›shift‹ (Damenhemd) das Publikum moralisch verletzte – und auf den Umstand, daß George Roberts früher als Reisender in Damenunterwäsche tätig gewesen war.

39 Joyce selber.

40 Ein Dubliner Journalist, im *Ulysses* O'Madden Burke.

41 Dubliner Regierungsbeamter, im *Ulysses* in zwei Personen aufgespalten: Jack Power und John Wyse Nolan.

42 *Irish Names and Places* von P. W. Joyce, einem Namensvetter, der mit dem Autor der *Dubliners* in keinerlei Verbindung stand.

43 Der irische Patriot Roberts war von Geburt Schotte.

44 Roberts war sein eigener Buchhalter.

45 Padraic Colum, der die ›Irish Review‹ von März 1912 bis Juli 1913 herausgab, wurde offenbar vom Verlag das Budget um 100 Pfund gekürzt.

46 Bei Maunsel & Co erschienen auch die offiziellen Bahn- und Schiffsfahrpläne.

47 Bezug auf Matthäus 5, 39.

48 In Schottland.

49 Claud W. Sykes (vgl. Anm. 57), der ausgedehnte Wanderungen liebte und diese Leidenschaft mit Joyce nicht teilen konnte. Ellmann 608 f.

50 Victor Sax, einer von Joyces Englisch-Schülern in Zürich; dieses und das folgende Limerick entstanden in einer Unterrichtsstunde. Ellmann 611 f.

51 Der Kaiser von Österreich und König von Ungarn. Ellmann 612.

52 Selbstverspottung Joyces gegenüber Ezra Pound nach Erscheinen des *Portrait of the Artist* in London 1917. Ellmann 640.

53 David Lloyd George, im Weltkrieg seit 1916 britischer Premierminister. Ellmann 646.

54 Die Verse (Parodie auf das Lied ›The Amorous Goldfish‹ aus der Operette *The Geisha* von Gilbert und Sullivan) verspotten einen Züricher Bekannten Joyces, den Getreidehändler Rudolf Goldschmidt, der während des Weltkriegs Funktionär einer Organisation zur Betreuung von in der Schweiz wohnenden österreichisch-ungarischen Staatsangehörigen war. Ellmann 645 f.

55 Parodie auf den ›Mr. Dooley‹, ein populäres Lied. Seine darin zum Ausdruck gebrachte ›unpolitische Haltung‹ angesichts des Weltkriegs trug Joyce die Abneigung des britischen Generalkonsuls A. Percy Bennett ein, der von ihm vaterländische Dienstleistungen erwartet hatte. Ellmann 652 f.

56 Kaffeehaus-Botschaft an den Freund Frank Budgen, unterzeichnet von James und Nora Joyce sowie Ethel Turner und W. H. Kerridge. Der ›flotte Kesselflicker‹ spielt auf den Titel eines Lieds von Frank Budgen an, das dieser Joyce gewidmet hatte. Ellmann 665.

57 Der ›G. K.‹ ist der britische General-Konsul Bennett. Joyce hatte 1918 in Zürich zusammen mit Claud W. Sykes eine Schauspieltruppe, die ›English Players‹, gegründet, die ihr Wirken am 29. 4. mit einer Aufführung von Oscar Wildes *The Importance of Being Earnest* eröffnete. Mit dem Darsteller des Moncrieff, Henry Carr, einem Angestellten des Konsulats, kam es anschließend zu heftigen Streitigkeiten, die vor Gericht endeten: Joyce klagte gegen Carr auf Abrechnung privat verkaufter Eintrittskarten, und Carr antwortete mit einer Klage auf u. a. Kostenerstattung für einen Anzug, den er sich für seine Rolle hatte machen lassen. Joyce erhielt am 15. 10. 1918 vor dem Bezirksgericht Zürich Recht und feierte seinen Sieg über Carr wie über den Generalkonsul Bennett, der sich auf die Seite seines Untergebenen gestellt hatte, mit dem vorliegenden Spottlied nach der Vorlage des ›It's a long way to Tipperary‹. Die beiden Widersacher wurden auch im Circe-Kapitel des *Ulysses* verewigt. Ellmann 655 ff.

58 Generalkonsul Bennett (vgl. Anm. 57) hatte sich, als Joyce sein Verhalten einmal mit einer treffsicheren ironischen Bemerkung quittierte, in seiner Verlegenheit über einen Papierkorb gebeugt, um sich der Suche nach einem weggeworfenen Zettel zu widmen, die ihn einer Antwort enthob. Ellmann 654.

59 In seinem Streit mit Bennett hatte Joyce sich auch bei Sir Horace Rumbold, dem britischen Gesandten in Bern, Unterstützung zu holen versucht, jedoch ebenso vergebens, wie er schließlich an den Premierminister Lloyd George appelliert hatte. Als Rumbold aber kurz darauf als Gesandter nach Polen ging, ließ Joyce es sich nicht nehmen, darin eine

Reaktion der höchsten britischen Behörde auf die ihm widerfahrene Behandlung zu erblicken. Seine endgültige Strafe erhielt Rumbold als Möchtegern-Henker im Zyklopen-Kapitel des *Ulysses*. Ellmann 702.

60 Auch diese Verse belegen, welche außerordentlichen Ausmaße die Carr-Bennett-Rumbold-Angelegenheit in Joyces Vorstellung annahm. Der Lord Mayor von Cork, Terence MacSwiney, war im Oktober 1920 für die Unabhängigkeit Irlands in den Hungerstreik getreten, und Joyce sah den Vorgang offenbar allen Ernstes auf einer Linie mit seinem eigenen ›Kampf‹ gegen die britischen Amtsträger. Ellmann 808.

61 Joyce kam im Juni 1920 auf Einladung Ezra Pounds nach Sirmione am Gardasee, wo Pound ihm den Vorschlag machte, nach Paris zu gehen und eine französische Übersetzung des ›Portrait‹ in die Wege zu leiten. Pound fuhr voraus, um ihm die Wege zu ebnen, und überließ dem mittellosen Joyce einige Kleidungsstücke, die diesem jedoch zu klein waren. Ellmann 733.

62 Parodie (nach der populären Melodie ›Molly Brannigan‹) auf einen Traum, den Joyce 1923 für seinen Biographen Herbert Gorman niederschrieb; er deutet nach Ansicht Ellmanns darauf hin, wie Molly Bloom, mit deren Monolog der *Ulysses* schließt, für Joyce »in den Charakter der Anna Livia Plurabelle, der Heldin von *Finnegans Wake*, hinüberschmolz«. – Tim Healy war das irische Staatsoberhaupt. – Ellmann 826 ff.

63 Parodie auf Stilgesten in T. S. Eliots ›The Waste Land‹ (dessen letzte Zeile – ›Shantih shantih shantih‹ – Joyce in seiner letzten Zeile auch phonetisch paraphrasiert), entstanden auf einer verregneten Ferienreise Ende Juli 1925. Bei den Anspielungen wurde auf die deutsche Übersetzung des ›Waste Land‹ von Ernst Robert Curtius Bezug genommen (1927). In der ›Klinik‹ erwartete Joyce seine siebte Augenoperation, die dann aber bis zum Dezember verschoben wurde. Ellmann 864 f.

64 Joyces Augen wurden von Dr. Louis Borsch in Paris hauptsächlich mit Scopolamin, einem wirksamen Mydriatikum, behandelt; es wurde für ihn »das Symbol aller seiner Medikamente«. Das Grab Tut-ench-amuns war 1923 entdeckt worden. Ellmann 866.

65 E. P. ist Ezra Pound, dem Joyce ein Typoskript des Shaun-Buchs aus *Finnegans Wake* geschickt und der ihm zu seiner Enttäuschung ablehnend darauf geantwortet hatte. Der Titel variiert das bekannte ›Troppa grazia, Sant' Antonio‹. Ellmann 881 f.

66 Eugene Jolas, der 1926 in Paris ein kleines Buch mit dem Titel ›Mots Déluge‹ veröffentlicht hatte. Ellmann 886.

67 Joyce schrieb dies Gedicht für den Umschlag der ›Anna Livia Plurabelle,‹ die 1930 bei Faber & Faber in London erschien, doch wurde es vom Verlag – mit einer trocken ironischen Vorbemerkung – nur in einem Prospekt verwendet. Auch der folgende Text ist ein Werbegedicht – für die Faber-Ausgabe von ›Haveth Childers Everywhere‹ (London 1931). Ellmann 929 f.

68 Spottverse auf Ford Madox Ford, der sechsmal verheiratet war, – nach der Melodie des populären Liedes ›Father O'Flynn‹. Joyce schickte sie allerdings nicht dem Verspotteten selbst, sondern Harriet Weaver, der er über Fords Besuch in Paris Anfang 1931 berichtete. Ellmann 956 f.

69 Tischgedicht nach dem beliebten Muster des ›Come-all-ye‹ für ein Thanksgiving-Essen bei Eugene und Maria Jolas im November 1937 in Paris. Der dabei verzehrte Truthahn war auf dem Weg vom Markt irgendwie zu Boden gefallen und hatte seine Leber verloren: ein Umstand, der Joyce offenbar sehr belustigte. Ellmann 1056 ff.

70 Gigantismus für ein Pariser Lebensmittelgeschäft (Félix Potin).

71 Ein russischer Diener, der bei Tisch aufwartete.

72 Erstes Wort einer Arie aus ›Don Giovanni‹ und gleichzeitig Kombination aus ›Madame‹ (Jolas) und ›Balamina‹, einem Lied, das sie gern sang.

73 Franklin D. Roosevelts Thanksgiving-Botschaft. Ellmann 1058.

74 Joyce schrieb dieses Gedicht zur Geburt seines Enkels Stephen am 15. 2. 1932. Der ›Alte‹ der Schlußstrophe ist sein Vater John Stanislaus Joyce, der am 29. 12. 1931 gestorben war.

H. W.

Von James Joyce übersetzte Gedichte

Paul Verlaine

CHANSON D'AUTOMNE

Les sanglots longs
Des violons
  De l'automne
Blessent mon cœur
D'une langueur
  Monotone.

Tout suffocant
Et blême, quand
  Sonne l'heure,
Je me souviens
Des jours anciens
  Et je pleure.

Et je m'en vais
Au vent mauvais
  Qui m'emporte
Deçà, delà,
Pareil à la
  Feuille morte.

A voice that sings
Like viol strings
   Through the wane
Of the pale year
Lulleth me here
   With its strain.

My soul is faint
At the bell's plaint
   Ringing deep;
I think upon
a day bygone
   And I weep.

Away! Away!
I must obey
   This drear wind,
Like a dead leaf
In aimless grief
   Drifting blind.

1900

STEPHEN'S GREEN

The wind stood up and gave a shout.
He whistled on his fingers and

Kicked the withered leaves about
And thumped the branches with his hand

And said he'd kill and kill and kill,
And so he will and so he will.

LES VERTS DE JACQUES

Le vent d'un saut lance son cri,
Se siffle sur les doigts et puis

Trépigne les feuilles d'automne,
Craque les branches qu'il assomme.

Je tuerai, crie-t-il, holà!
Et vous verrez s'il le fera!

*

JAKOBSGRÄSSLICHER

Der Wind stand auf, ließ los einen Schrei,
Pfiff mit den Fingern schrill dabei.

Wirbelte dürres Laub durch den Wald
Und hämmerte Äste mit Riesengewalt.

Zum Tod, heult, zu Tod und Mord!
Und meint es ernst: ein Wind, ein Wort!

*

Surgit Boreas digitorum
Fistulam, faciens et clamorem.

Pes pugno certat par (oremus!)
Foliis quatit omne nemus.

Caedam, ait, caedam, caedam!
Nos ne habeat ille praedam.

*

Vinden staar op med en vild Huru,
Han piber paa fingerne og nu

Sparker bladenes flyvende flok.
Traeerne troer han er Ragnarok.

Skovens liv og blod vil han draebe og drikke.
Hvad der bliver at goere, det ved jeg ikke.

*

Balza in piè Fra Vento e grida.
Tre dita in bocca fischia la sfida.

Tira calci, pesta botte:
Ridda di foglie e frasche rotte.

Ammazzerò, ei urla, O gente!
E domeneddio costui non mente.

(Ein Kommentar zu einigen übersetzerischen Kühnheiten findet sich in einem Brief von Joyce an James Stephens vom 7. Mai 1932, *Briefe III*, S. 1294. Zur französischen Fassung hatte Joyce schon am 19. Dezember 1931 an Stephens geschrieben: »Es ist nur eine Spielerei, die Ihnen hoffentlich Spaß macht. Genau genommen, ist *craquer* ein intransitives Verb, das aber in der Umgangssprache transitiv gebraucht wird wie *croquer*, da es ausdrucksstärker ist. Ich konnte dem einladenden Wortspiel auf Ihren Titel nicht widerstehen.« Ellmann, S. 626 f.)

Anna Livia Plurabelle

(Finnegans Wake I. 8)

196 O

tell me all about

Anna Livia! I want to hear all

about Anna Livia. Well, you know Anna Livia? Yes, of course, we all know Anna Livia. Tell me all. Tell me now. You'll die when you hear. Well, you know, when the old cheb went futt and did what you know. Yes, I know, go on. Wash quit and don't be dabbling. Tuck up your sleeves and loosen your talk-tapes, And don't butt me – hike! – when you bend. Or whatever it was they threed to make out he thried to two in the Fiendish park. He's an awful old reppe. Look at the shirt of him! Look at the dirt of it! He has all my water black on me. And it steeping and stuping since this time last wik. How many goes is it I wonder I washed it? I know by heart the places he likes to saale, duddurty devil! Scorching my hand and starving my famine to make his private linen public. Wallop it well with your battle and clean it. My wrists are wrusty rubbing the mouldaw stains. And the dneepers of wet and the gangres of sin in it! What was it he did a tail at all on Animal Sendai? And how long was he under loch and neagh? It was put in the newses what he did, nicies and priers, the King fierceas Humphrey, with illysus distilling, exploits and all. But toms will till. I know he well. Temp untamed will hist for no man. As you spring so shall you neap. O, the roughty old rappe!

197 Minxing marrage and making loof. Reeve Gootch was right and Reeve Drughad was sinistrous! And the cut of him! And the strut of him! How he used to hold his head as high as a howeth, the famous eld duke alien, with a hump of grandeur on him like a walking wiesel rat. And his derry's own drawl and his corksown blather and his doubling stutter and his

Übertragen von Wolfgang Hildesheimer

O 196
sag mir alles von
Anna Livia! Ich muß alles hören
von Anna Livia. Na, ihr kennt Anna Livia? Aber ja, wir alle
kennen Anna Livia. Sag mir alles. Sag es mir gleich. Du ku-
gelst dich, wenn du's hörst. Na, du weißt, als der alte Kjärl
fehltrat und tat, was du weißt. Ja, weiter, das weiß ich. Etsch
los und spree mich nicht an. Krempel hoch, laß die Redseele
locker. Und steiß mich nicht – halt! – wenn du riffelst. Oder was
das wohl war, was die Drei sich erdachten, was den Zweien er
tat, da im Viechspark. Durchtriebener Schurke! Guck mal das
Hemd auf ihm! Guck mal den Dreck an dem! All main Was-
ser verpaßt er mir schwarz. Und geweicht und gewindelt seit
heut vor ner Wanne. Weiß nicht, wie oft er's getrübt hat, seit
letzter Wash. Ausfindig wüßt ich die Orbe, wo er sich sulmt,
der ddreckige Deibel. Zerreib mir die Hand, verhunger die
Not, sein Privatleinen zu poblitizieren. Drisch's flach mit dem
Flegel, schlacht's drauf! Die Gelenke gallertig vom Reiben an
Moltau und Flick. Und die dnjeprige Ness, der Gangres von
Laster dran. Was hat es auf sich mit diesem Geschücht an dem
sündrigen Falltag? Und wie lang war er unter Schlucht und
Regen? Kam alz in die Plesse, was er tat, belang und bespreut,
Kronenwallt versus Humphrysseus, braunt Schnaps illergail,
beutet aus und treibt's. Die Hose bootet's an den Tag. Man
weissach wie's ist. Wer die Zeit nicht zähmt, dem blüht Not-
stund. Wie du flutest, so sollst du erbben. Getrübener Hurke!
Mischt in die Lehe und schließt in die Luv. Riff gauche war im 197
Recht, und Riff droite war ihm schlechter. Und der Zuschnitt!
Und der Ausschritt! Und immer das Haupt howth-hoch, die-
ser deukältische Herzögler mit dem pompigen Huckel, wie'n
Wanderratz. Und sein gedänt Derryliktchen und sein corki-
ger Schwatz und sein doppeltes Stotter und sein Gallwegs-

gullaway swank. Ask Lictor Hackett or Lector Reade of Garda Growley or the Boy with the Billyclub. How elster is he a called at all? Qu'appelle? Huges Caput Earlyfouler. Or where was he born or how was he found? Urgothland, Tvistown on the Kattekat? New Hunshire, Concord on the Merrimake? Who blocksmitt her saft anvil or yelled lep to her pail? Was her banns never loosened in Adam and Eve's or were him and her but captain spliced? For mine ether duck I thee drake. And by my wildgaze I thee gander. Flowey and Mount on the brink of time makes wishes and fears for a happy isthmass. She can show all her lines, with love, license to play. And if they don't remarry that hook and eye may! O, passmore that and oxus another! Don Dom Dombdomb and his wee follyo! Was his help inshored in the Stork and Pelican against bungelars, flu and third risk parties? I heard he dug good tin with his doll, delvan first and duvlin after, when he raped her home, Sabrine asthore, in a parakeet's cage, by dredgerous lands and devious delts, playing catched and mythed with the gleam of her shadda, (if a flic had been there to pop up and pepper him!) past auld min's manse and Maisons Allfou and the rest of incurables and the last of immurables, the quaggy waag for stumbling. Who sold you that jackalantern's tale? Pemmican's pasty pie! Not a grasshoop to ring her, not an antsgrain of ore. In a gabbard he barqued it, the boat of life, from the harbourless Ivernikan Okean, till he spied the loom of his landfall and he loosed two croakers from under his tilt, the gran Phenician rover. By the smell of her kelp they made the pigeonhouse. Like fun they did! But where was Himself, the timoneer? That marchantman he suivied their scutties right over the wash, his cameleer's burnous breezing up on him, till with his runagate bowmpriss he roade and borst her bar. Pilcomayo! Suchcaughtawan! And

198 the whale's away with the grayling! Tune your pipes and fall

gestellz. Frag Liktor Hackett oder Lektor Lese oder den Hatzhundhüter oder den Hinderfürtler der Straß. Oder neißt er denn sonst wie? Qu'appelle? Hüno Caput Erstvögler. Wo ward er geboren wo ward er gefunden? Urgothland, Tristadt am Katergatt? Neu Hunnland, Kronkork an der Tavarne? Wer hämmt ihr die savtige Ambrost und entglahnt ihr die Ammer auf Anruf? War die Ehe sankt Adam und Eva genahtet, oder flickt ihn und sie der Käptn? Als meine Eider enterich dich in Ewigkeit. Durch meinen Wilden ganz und gänserdich. Flußbett und Humberg für Zeit und für Wende hegen anstieg und abfallerseits fröhliche Freinacht. Zeigt all ihre Windung, Lieblust legalt ihr den Spöl. Und wenn die Heirat nicht statthak ihn mir selbst in die Öse. O, lech mir das ruver und frag mich was andarax! Don di thaka und sein flüsstrig Gefölgchen! War seine Helfte auch hafftfluchtverufert bei Storchen und Pelikan gegen Einschieber und Griff seitens Drittsteller? Ich höre, er gräbt gut Güld mit der Puppe, erst delphind, dann däublend, so raubt er sie heim, sein Sabrinchen, und hin über Wellensittang im Käfig, durch Ackermandsland und Abwasserdelt, so spülen sie Katzfang und Mythmich im Glanz ihrer gleißenden Schuppe, (wär ein flic da gewesen, ihn zu packen und pickeln) und vorbei an den moosigen Altmannsknästen und Klapsmühlen und all den Zergangenen und letzten Gefangenen, ein morastiger Waag für den Stolper. Wer hat dir denn diese Seemannsgaronne gestreckt? Pemmikans Pustekuchen! Kein Grashüpf zum Gesänge, kein Amaiskorn voll Erz. In ner Barke, liebesgebootet, hafenlos über irwindrigen Okean flügt er, bis ihm sein Riemen Landkennung zeugt, da läßt er zwei Krächzer unterm Segel hervor, der grande phönixische Reiber. Ihr Aroma von Tang zieht sie zum Taubenhaus. Da trübten sie's toll. Wo aber war tamerlahm Hünoselbst? Der zügelte sein Lateinersegel, der Märcantile, den Spriet vorn gehißt, geweht aus Wüste und Brand, bis er trünnig vor Suck den Scheldemund ritt und rhinn in die Liffen blies. Mannzahnares! Sackramminndu! Und der Waal haust ab mit der Äsche! Stimm deine Pfeifen, fallein mit dem Sang, 198

ahumming, you born ijypt, and you're nothing short of one! Well, ptellomey soon and curb your escumo. When they saw him shoot swift up her sheba sheath, like any gay lord salomon, her bulls they were ruhring, surfed with spree. Boyarka buah! Boyana bueh! He erned his lille Bunbath hard, our staly bred, the trader. He did. Look at here. In this wet of his prow. Don't you know he was kaldt a bairn of the brine, Wasserbourne the waterbaby? Havemmarea, so he was! H. C. E. has a codfisck ee. Shyr she's nearly as badher as him herself. Who? Anna Livia? Ay, Anna Livia. Do you know she was calling bakvandets sals from all around, nyumba noo, chamba choo, to go in till him, her erring cheef, and tickle the pontiff aisy-oisy? She was? Gota pot! Yssel that the limmat? As El Negro winced when he wonced in La Plate. O, tell me all I want to hear, how loft she was lift a laddery dextro! A coneywink after the bunting fell. Letting on she didn't care, sina feza, me absantee, him man in passession, the proxenete! Proxenete and phwhat is phthat? Emme for your reussischer Honddu jarkon! Tell us in franca langua. And call a spate a spate. Did they never sharee you ebro at skol, you antiabecedarian? It's just the same as if I was to go par examplum now in conservancy's cause out of telekinesis and proxenete you. For coxyt sake and is that what she is? Botlettle I thought she'd act that loa. Didn't you spot her in her windaug, wubbling up on a osiery chair, with a meusic before her all cunniform letters, pretending to ribble a reedy derg on a fiddle she bogans without a band on? Sure she can't fiddan a dee, with bow or abandon! Sure, she can't! Tista suck. Well, I never now heard the like of that! Tell me moher. Tell me moatst. Well, old Humber was as glommen as grampus, with the tares at his thor and the buboes for ages and neither bowman nor shot abroad and bales allbrant on the crests of rockies and nera lamp in kitchen or church and giant's holes in Grafton's causeway and deathcap mushrooms round Funglus grave and the great tribune's barrow all darnels occumule, sittang sambre on his sett, drammen and drommen, usking queasy quizzers

du stämmiger Ägiopter, ptolomehr ist nicht drin für dich! Na dann red losa, zieh deine Zoten ein. Als sie saan, wie er im flugs Sabas Münde erschloß, munter wie König Salmon, da brüllten ihre Bullwerke los, bespluttert mit Kischt. Bojarka buah! Bojana bueh! Hat sie sich sauber verdingt, sein Bathsemmel, unser schäbrig Lot, der Vertäter. Alladhings. Sie malhier. Den Schweiß vorder Stern. Weißt du nicht, daß man Geharnwäscher ihn hieß, Waterborn den Wassersaugling? Have Marine, ist javary! H. C. E. mit Gicht und Schellfischgesicht. Gewäß, sie ist auch nicht viel bässer alst er. Wehr? Anna Livia? Jiu, Anna Livia. Weißt du denn nicht, daß runderaum Wassernixchen sie rief – Nyumba nuu, Kamba zuu – hinein zu ihm, dem Herrn Chef zu Erin, den Kitzel am Pont zu fexen? Sie tat was? Nein, dre-tschu! Das geht dervol zu wied? Wie El Negro sah, was am La Plato geschah. O, sag mir allwiss ich hören will, wie laudet die balladere dextro! Ein Argenleck drauf fitzt das Restchen ab. Tat als wärs ihr egeil, sine Eira, ich abwassend, er männlich leidenschuft, die Proxenede! Proxenet, hur ich dich recht? Was ist dasse für ein reussischer Jonkerjarkon? Sag mir's von klipp und clare. Und nenn den Sinn beim Nomen. Hast in der Skol kein ebroisch genossen, du Analphabettgammeldelta? Es ist genauso, als ob ich dich par eximpel zu behördlichem Heil behexe und telekinesisch dich approxenierte. Varhafftig, und isth sie so Eine? Niedmals hätt ich sie so trief eingeschwätzt. Hast du sie nicht gepeilt am Windaug, wie auf und ab sie wuppert im Erlweidenstühl, vor sich mösigallische Noten in Cunniform, und so tut als streichle sie schilfühle Klageweis auf ihrer Fiedel, die sie geigt ohne Haar am Bogen? Und sie dudelt dum daher, versucht, sich drin zu versinken. Nixda! Rainibetrog! Svass hab ich noch nemals gehört! Sag mir meer. Sagis mir aals. Naja, der alte Humber, finisterre, verhagelt, tran tropfender Thor, bubonisch seit jeh und seit ach, nicht Bogenschütz noch Geschoß weid und brach, nur Brand aller Marken auf Kamm, Alp und Felszack, und nirgends ne Leuchte brenta in Küch oder Kirch und Gigantenkrater auf naturwundem Damm und Giftod-

of his ruful continence, his childlinen scarf to encourage his ob-
199 sequies where he'd check their debths in that mormon's thames,
be questing and handsetl, hop, step and a deepend, with his
berths in their toiling moil, his swallower open from swolf to
fore and the snipes of the gutter pecking his crocs, hunger-
striking all alone and holding doomsdag over hunselv, dreeing
his weird, with his dander up, and his fringe combed over his
eygs and droming on loft till the sight of the sternes, after
zwarthy kowse and weedy broeks and the tits of buddy and
the loits of pest and to peer was Parish worth thette mess.
You'd think all was dodo belonging to him how he durmed
adranse in durance vaal. He had been belching for severn
years. And there she was, Anna Livia, she darent catch a
winkle of sleep, purling around like a chit of a child, Wenda-
wanda, a fingerthick, in a Lapsummer skirt and damazon
cheeks, for to ishim bonzour to her dear dubber Dan. With
neuphraties and sault from his maggias. And an odd time
she'd cook him up blooms of fisk and lay to his heartsfoot her
meddery eygs, yayis, and staynish beacons on toasc and a
cupenhave so weeshywashy of Greenland's tay or a dzoupgan
of Kaffue mokau an sable or Sikiang sukry or his ale of ferns
in trueart pewter and a shinkobread (hamjambo, bana?) for
to plaise that man hog stay his stomicker till her pyrraknees
shrunk to nutmeg graters while her togglejoints shuck with
goyt and as rash as she'd russ with her peakload of vivers up
on her sieve (metauwero rage it swales and rieses) my hardey
Hek he'd kast them frome him, with a stour of scorn, as much
as to say you sow and you sozh, and if he didn't peg the plat-
teau on her tawe, believe you me, she was safe enough. And
then she'd esk to vistule a hymn, *The Heart Bowed Down* or
The Rakes of Mallow or Chelli Michele's *La Calumnia è un
Vermicelli* or a balfy bit ov *old Jo Robidson*. Sucho fuffing a
fifeing 'twould cut you in two! She'd bate the hen that crowed

pilze um Funguls Grab und des großen Treibunen Karren
eselgezirrt im Sumpfgras, so sitzt er störig auf seinem Gesätz,
dösend und dröselnd und rinselt Gerätsel, Ritter vom tristen
Gestelz, sein Kindwindelshawl ermottet im Laichbegängnis,
verfolgt hinterlassenschuldig die Todesspalten der Theimse, 199
Hans, Grätsch und Dreisprung und Pause, im Gebrüt der Ge-
burtsspalt der Tragespost, sein Schluckmaul klaffend von
Gaffel bis Schoner, und die Schnepfen im Sumpf picken sein
Wruck, so hungerstreikt er alène, hält Gerüchtstag über sühn-
selbst, webt leidend an seinem Gebährd, in Harnisch gekempt,
sein Haarstrum über die Aube gestriegelt, in Traun verzornt
in Sichtung der Sterne, in Triftung der Gründe am lauschigen
Bach, sinnt Buddhys Gezitz und Pests Geleute, sennt, ob's ihm
vergynnt und ne Pfarrei seine Missere wohl wert sei. Man
könnt meinen, alles sei mausetotal für ihn, sein Gehab und
sein Gut, so wie er dahindommert in trancener Weilhaft. Se-
vern Jahre schon stößt es ihm auf. Und da war sie, Anna
Livia, keine Biese Schlaf darf sie sich glonnen, sie rieselt dahin
wie ein Kitz von nem Kind, wandelig, windelang, im däum-
chenleck Schaltjahrzeitkleid, damasonenwangig, um ihrem
turtelteurem Tauber good mourning zu wünschen. Euphora-
tisch, kartäuflig, ein maggisches Salt-Elv. Und maniasmal, da
kochert sie ihm suprème von Fisk und legt ihm zu Herdzfuß
ihr rühriges Äug, den Dotter mit staynischem Speckdrum auf
Troast, einen Kupperhaven mit Plurke von Earl Grönlands
Thay oder ein Schlabelkancan Kaffmocker, nen Zuber mit
Wümmelzucker oder Bierlaber in dubios petruskischem Kelch-
zinn und ein Schenkenbrut (Hamjambo, Banagefälle?) um
diesem Mannsbrülld was guts zu vergabeln, den Wanst zu be-
gleichen, bis ihre Knickehle zu Musketreibesieb schrinkt, Py-
reknäbelgelenke voll Gischt, aber wie rasch sie auch ruft nach
der Nieslast von Wibern aus ihrer Verratskammer (sieh, wie's
ihm schwallt und sich stellt met aurorischer Wut), unser hoher
Herm wirft sie nur furt in nem Brak von Verächtung, als
wolle er sagen: du saust und du viehst, und wenn er ihr ober-
drhein nicht das Plateau hindan warf, glaub mir's, so war sie

on the turrace of Babbel. What harm if she knew how to cockle her mouth! And not a mag out of Hum no more than out of the mangle weight. Is that a faith? That's the fact. Then riding the ricka and roya romanche, Annona, gebroren aroostokrat Nivia, dochter of Sense and Art, with Sparks' pirryphlickathims funkling her fan, anner frostivying tresses dasht with virevlies, – while the prom beauties sreeked nith their bearers' skins! – in a period gown of changeable jade that would robe the wood of two cardinals' chairs and crush poor Cullen and smother MacCabe. O blazerskate! Theirs porpor patches! And brahming to him down the feedchute, with her femtyfyx kinds of fondling endings, the poother rambling off her nose: *Vuggybarney, Wickerymandy! Hello, ducky, please don't die!* Do you know what she started cheeping after, with a choicey voicey like waterglucks or Madame Delba to Romeoreszk? You'll never guess. Tell me. Tell me. *Phoebe, dearest, tell, O tell me* and *I loved you better nor you knew.* And letting on hoon var daft about the warbly sangs from over holmen: *High hellskirt saw ladies hensmoker lilyhung pigger:* and soay and soan and so firth and so forth in a tone sonora and Oom Bothar below like Bheri-Bheri in his sandy cloak, so umvolosy, as deaf as a yawn, the stult! Go away! Poor deef old deary! Yare only teasing! Anna Liv? As chalk is my judge! And didn't she up in sorgues and go and trot doon and stand in her douro, puffing her old dudheen, and every shirvant siligirl or wensum farmerette walking the pilend roads, Sawy, Fundally, Daery, or Maery, Milucre, Awny or Graw, usedn't she make her a simp or sign to slip inside by the sullyport? You don't say, the sillypost? Bedouix but I do! Calling them in, one by one (To Blockbeddum here!

gerättert. Dann wollte sie, daß er ein Lido ihr fyfe, *Das Harz
neigt sich herb,* oder *Die Lustbürsch von Mallow* oder Maikl
O'Celli's *La Calumnia è un vermicelli* oder eine balfige Waise
von *alldem Jo Robinson.* Dieserleie Dudeln und Flödeln, das
rißt dich enzwei. Sie verschlug selbst dem Huhn auf dem
Wurmbau von Babbel das Krähn. Dabei wußte sie Wellen zu
werfen mit ihrem Wehrhahn! Und nichts als Madiges aus
Hums Mund, stumm wie ne Mangfallwallze. Ist das waar-
haft? Ist ein Fakt. Dann ruternd im Roßboot und romanischer
Rutsche, Sanda Annona, gebrorene Nivea, arrostokraternde
Dochter aus Kunst und Sinnenschaft, flunkelt mit Funk's py-
rophlagrantischem Feuerwehrk den Fächer auf ihn, werft ihre
eisbloomigen Tressen, gesprenkelt mit Flammenflies – während 200
versprüdete Schönheit unda dem Nackthemmt ihrer Trügerin
fröhrt – im Hystorienkostüm aus antichangierendem Jade,
Garderaub genug für zween Kardinalsessel, Erdrück für den
erzbiederschoflen Cullen und Erstick für MacCabi. O Demini!
Ihre Purpleureusen! Und brahmst zu ihm hin, die Futterrin-
nung hinab, Kosemundendungen auf femtyficks Arten, die
der Pruthahn ihr aus der Mündung fraß. *Schneckipenny,
Wickermandl!, Lubstes Entchen, kratz nicht ab!* Weistu, nach
was sie zu zirpzen beliebte in ihrer Flimmerstimme, wie Al-
mengluck und Nelly Julba im Romeoduelt mit de Reszk? Du
rätselst es nicht. Sac mirs! *Sac mirs! Otell mir, liebster Wil-
helm, tell mir's bald.* Und *Einst liebt ich mehr dich als du
warst.* Und tat so als sei Huhno verzückt nach dem Zwitscher-
gesang von drüben den Holmen: *Horch, wies läuft durch
Glock und Bausch, das sind die holden Schwäinchen;* et cithera
et zetera und so weida und so fjord, in einem Ton so nornig,
und drunten Oom Bothar in seiner Beriberei, sandnicklausig
bemäntelt, omphallinös, taub wie ein Stock, der Blump! Was-
ser nicht sagt! Liebestraniger Täuber. Du machst vol Spaß!
Anna Liv? So Gott ist mir Rechter! Stund sie nicht sargentief
auf, trat hino, tand an der Thur und sog ihre alte Shagpfiff,
und gab sie nicht Wink oder klink jedem kinzigen Elstermäd-
chen oder niedligem Bauernmeusschen zwischen den Haystie-

Here the Shoebenacaddie!) and legging a jig or so on the sihl to show them how to shake their benders and the dainty how to bring to mind the gladdest garments out of sight and all the way of a maid with a man and making a sort of a cackling noise like two and a penny or half a crown and holding up a silliver shiner. Lordy, lordy, did she so? Well, of all the ones ever I heard! Throwing all the neiss little whores in the world at him! To inny captured wench you wish of no matter what sex of pleissful ways two adda tammar a lizzy a lossie to hug and hab haven in Humpy's apron!

And what was the wyerye rima she made! Odet! Odet! Tell me the trent of it while I'm lathering hail out of Denis Florence MacCarthy's combies. Rise it, flut ye, pian piena! I'm dying down off my iodine feet until I lerryn Anna Livia's

201 cushingloo, that was writ by one and rede by two and trouved by a poule in the parco! I can see that, I see you are. How does it tummel? Listen now. Are you listening? Yes, yes! Idneed I am! Tarn your ore ouse! Essonne inne!

By earth and the cloudy but I badly want a brandnew bankside, bedamp and I do, and a plumper at that!

For the putty affair I have is wore out, so it is, sitting, yaping and waiting for my old Dane hodder dodderer, my life in death companion, my frugal key of our larder, my muchaltered camel's hump, my jointspoiler, my maymoon's honey, my fool to the last Decemberer, to wake himself out of his winter's doze and bore me down like he used to.

Is there irwell a lord of the manor or a knight of the shire at strike, I wonder, that'd dip me a dace or two in cash for washing and darning his worshipful socks for him now we're run out of horsebrose and milk?

peln, Sensi und Grundi, Meyeri, Mari, Millökl, Ancy oder Gran, hineinzuschlupfen durch die Abfallpfort? Was du nicht sagst, die Zuhaltepost? Gewies, so ist es. Ruft sie herein, ons nach dem underen (Kriechtbettin hier, Schubindenknecht dort) und legt eine kesse Sihl aufs Barkett, um sie zu weisen, wie man beuglings sich schüttelt und näckt, und wie man Lust unterzeugen aus dem Aug in den Sinn bringt, und was eine Maid mit einem Mann so ellis allis machen kann und erläßt dabei Gluglückergeräusche wie zwei mit nem Penig oder nem Halbkron und opfriert nen sillieber Moneten. Ach du liebergitt, so macht sie's? Das ist ein stoures Stück. Wirft ihm jede nette Nutte der Welt. Und jedwindiger Deern in der Schleuse, wer ach und ammer, welches Geschlichtsspiel sie sei, gab sie nen Itz und nen Isel für Verlüstchen, das Lotter und Liesel unter Humpys Schurz zu wirken und wollen befand.

Und was war das wya-hya Liedchen sie sang? Sagan! Addas? Füll mir vohlauf davon, indus schäum ich den Schmutter aus Denis Florence MacCarthy's Hemdhaus. Leklos, spühlfort, pian piave! Ich fall bald vom algenen Fuß zu erfähren, wie's Schlummerluh leutet von Anna Livia, das geschrubben ward 201
von Einem und gelauget von Zwein und gesichtet vom Huhn an dem Parkteich. Ich seh schon, daß du nicht worten kannst. Wie leithet es also? Hörzu! Horstu zu? Und ob ich höre! Sperr deine Uhren auf! Luhe jetzt!

Bei Erd und alldem was wolkig, ich brauch nötig ne funkanalneue Uferseit, verflickt und verfeucht nochmal, und nen kräftigen Mundvoll.

Denn das kittzlerte Ding, das ich hab, das ist hin, ganz bestint, das sitzt und klafft und erwartet meinen altdänischen Hoddenstodderer, mein Liev und mein Todgefährt, mein frugalischer Fettkammerkönig, mein althumpliger Kamelhöker, gigantischer Knöchelverspieler, meines Maienmonns Honig, mein Narr bis zulechtzt Dezimbiere, der erwaksen soll aus Wintergedöse und mich beschwillt wie zuvor.

Gibt es denn irdens nicht Herrn über Lehen oder Ritter vom Schloß auf Anhieb – wenn ich das wüßt – der mir nen Silberling

Only for my short Brittas bed made's as snug as it smells it's out I'd lep and off with me to the slobs della Tolka or the plage au Clontarf to feale the gay aire of my salt troublin bay and the race of the saywint up me ambushure.

Onon! Onon! tell me more. Tell me every tiny teign. I want to know every single ingul. Down to what made the potters fly into jagsthole. And why were the vesles vet. That homa fevers's winning me wome. If a mahun of the horse but hard me! We'd be bundukiboi meet askarigal. Well, now comes the hazelhatchery part. After Clondalkin the Kings's Inns. We'll soon be there with the freshet. How many aleveens had she in tool? I can't rightly rede you that. Close only knows. Some say she had three figures to fill and confined herself to a hundred eleven, wan bywan bywan, making meanacuminamoyas. Olaph lamm et, all that pack? We won't have room in the kirkeyaard. She can't remember half of the cradlenames she smacked on them by the grace of her boxing bishop's infallible slipper, the cane for Kund and abbles for Eyolf and ayther nayther for Yakov Yea. A hundred and how? They did well to rechristien her Pluhurabelle. O loreley! What a loddon lodes! Heigh ho! But it's quite on the cards she'll shed·

202 more and merrier, twills and trills, sparefours and spoilfives, nordsihkes and sudsevers and ayes and neins to a litter. Grandfarthring nap and Messamisery and the knave of all knaves and the joker. Heehaw! She must have been a gadabount in her day, so she must, more than most. Shoal she was, gidgad. She had a flewmen of her owen. Then a toss nare scared that lass, so aimai moe, that's agapo! Tell me, tell me, how cam she camlin through all her fellows, the neckar she was, the diveline? Casting her perils before our swains from Fonte-in-Monte to Tidingtown and from Tidingtown tilhavet.

auf den Tisch wirft, im Begleich gegen Waschen und Stopfen seiner ehrwürzigen Socken, nun da es aus mit Roß Grütz und Milch?
Wärs nur für mein bräuttliches Mürbegebett, so mollig wie's riecht, heraus tät ich sprinnzen, und hinab mit mir in die Schlick della Tolka oder die Platsch von Clontarf, um zu spüren die Süßluft meiner salzigen trüblinger Bucht und den Schlirf des Seewinders von unthinein durch mein Gebüsch.
Und itz? Und dan? Zähl mir mehr. Zähl mir jedes winzige Wym. Jedes kleinste Klip will ich wissen. Bis zu den Töpfern, die es ins Topfloch trieb. Und warum waren die Gefässer feucht? Dieser homrische Fabler bewächst mich zutiefst. Wenn bloß mir Fährmax der Bärjagst harrt! Wir wären Corvettenknabe und Freigattenmaid. Nun, jetzt kommt der Dunst von Brutzeit und Sein. Von Clondalkin zur Königsherberg hin. Bald flotten wir über die Schwemmung. Wieviel Setzling-Eleven hat sie an Salm? Genal kann ich's nicht sagen. Das weiß nur der Hecht. Man raunt, sie hätte drei Ziffern zu füll und käm nieder auf hundert-und-elv, eins dreibt das andere, macht unicuminamituna. Alleph bei Lammen, das ganze Pack? Dann gibt es nicht Platz mehr im Kierchgaard. Sie entsinnt nicht halb die Wiegennamen, die sie ihm hinknallt durch die Knade unfehlbaren Fühltritts ihres bocksenden Bischofs, kainen für Knud und Appel für Eyolf und weder ent noch oder wahr Jackob. Einhundertundwie? Recht wars, sie zu wiedertäufern in Pluhurabelle. O Liebeley! Sie träkt ihr Bürdekin! Owyhee! Doch es liegt in den Karten, sie spühlt je meer desto luftiger, 202
Zwillich und Drillering, Vier aus der Hand, Fünf in den Mund, Niedersechser und Siebenschwaben und Jachten und Neiner im Wurf. Großfarzers Niggerchen und miseriöse Miss und Bub alla Bubal und der Juxer. Jahweh! Vagabummlerin muß sie gewesen sein, ihrerzeit, stach andre aus. Schliff war sie betakelt, begatt. Hatt auf Männer ihr spritzielles Fludiom. Nichts thanathätliches war ihr zufurcht; daher: thalass los, lieb zu, d'agapo! Sag mir, sag mir, wie cam sie denn clara mit all ihren Kerlen, die Lütschine, die Unstrut? Wirft ihre Peri-

Linking one and knocking the next, tapting a flank and tipting a jutty and palling in and pietaring out and clyding by on her eastway. Waiwhou was the first thurever burst? Someone he was, whuebra they were, in a tactic attack or in single combat. Tinker, tilar, souldrer, salor, Pieman Peace or Polistaman. That's the thing I'm elwys on edge to esk. Push up and push vardar and come to uphill headquarters! Was it waterlows year, after Grattan or Flood, or when maids were in Arc or when three stood hosting? Fidaris will find where the Doubt arises like Nieman from Nirgends found the Nihil. Worry you sighin foh, Albern, O Anser? Untie the gemman's fistiknots, Qvic and Nuancee! She can't put her hand on him for the moment. Tez thelon langlo, walking weary! Such a loon waybashwards to row! She sid herself she hardly knows whuon the annals her graveller was, a dynast of Leinster, a wolf of the sea, or what he did or how blyth she played or how, when, why, where and who offon he jumpnad her and how it was gave her away. She was just a young thin pale soft shy slim slip of a thing then, sauntering, by silvamoonlake and he was a heavy trudging lurching lieabroad of a Curraghman, making his hay for whose sun to shine on, as tough as the oaktrees (peats be with them!) used to rustle that time down by the dykes of killing Kildare, for forstfellfoss with a plash across her. She thought she's sankh neathe the ground with nymphant shame when he gave her the tigris eye! O happy fault! Me wish it was he! You're wrong there, corribly wrong! Tisn't only tonight you're anacheronistic! It was ages behind that when nullahs were nowhere, in county
203 Wickenlow, garden of Erin, before she ever dreamt she'd lave Kilbride and go foaming under Horsepass bridge, with the great southerwestern windstorming her traces and the mid-

keln vor unsere Schwäne von Avons Berg bis Fluttertal, von
Flut und Tal zum Haff. Schlinkt sich um einen, haut um den
nächsten, schwänkt sich die Flanke und schwemmt in die Mole,
puhlt sich ein und piétat aus, clyded sich fürs Ostergemünd.
Und wehr var der Erste, wer brach ihr das Tor? Das war irgiz
so einer, werrach immer, in attaktiker Tat oder Einzelkom-
bett. Flicker, Pegler, Flößer, Segler, Fickaar, Wolgat oder
Schlitzmann. Das ist die Antwerft, das hab ich erwortet. Zügel
los und zeig weider, hügelan jetzt zum Hauptkappell! War es
im Jahr als es waterlos war, nach Sint oder Flut oder als die
Jeannen zur Arche gingen oder zur Schlachtzeit von Ho-
styngs? Fidaris wird finden, wen Zweifall erhebt, wie Nie-
mannd aus Nirgends den Nihil fand. Wo, alberner Torier, ist
da die Antwort, alles im Myst? Enthak sie, nachtheimdliche
Knoten, mit Geschvick und Nyanze! Kann ihre Hand im
Momännt an ihn nicht legen. Lind land ist es meer, wegmüd
gewundert. Leingsamer Weg, rückwerder zu rudern. Sie sagt
es silbst, sie wyß nicht mehr, wo Annalc ihren Bestreuer fand,
wars ein Dynast aus Leinster, ein Sähwolf? Oder was er tat
oder wie sie Lule-Älv spielte, oder wie, wann, warum, wo
und wie aft er sie besprung oder hingab. War ja nur ein jung
dünn bleich weich scheu schlank Hauch von nem Ding damals,
schlindernd am mondwaldigen Silbersee, und er war ein
schwerfülliger taumschwankelnder fremdgängiger Currach-
mann, der hievte sein Heu, wenn die Sonn ihm beschieden,
zäh wie die Eichen (Torf geb ihnen Frieden!), die damals
noch rauschten bei den Deichherren von Killdare, so kam er
durch Forstgefällfurten platsch auf sie zu. Sie meinte, sie
müßt in die Era versinken, in nympher Schäum, als er sein
Tiberaug auf sie warf! O glückseliges Fehl. Mir wünscht's, es
wär er! Da irrst du, da errst du korrecklich! Du bist anachero-
nistisch, und nicht nur heut! Es war Äonen weit hinten, als die
Wässer noch null und nichtläufig waren, in der Grafschaft
Wickenloh, im Garten Erin, bevor sie nur träumte, ihr Kil- 203
breudbett zu überfließen und hinauszuschäumen unter der
Horsepaßbrücke, die große Südwesterbahn entgleist ihr die

land's grainwaster asarch for he track, to wend her ways byandby, robecca or worse, to spin and to grind, to swab and to thrash, for all her golden lifey in the barleyfields and pennylotts of Humphrey's fordofhurdlestown and lie with a landleaper, wellingtonorseher. Alesse, the lagos of girly days! For the dove of the dunas! Wasut? Izod? Are you sarthin suir? Not where the Finn fits into the Mourne, not where the Nore takes lieve of Blœm, not where the Braye divarts the Farer, not where the Moy changez her minds twixt Cullin and Conn tween Cunn and Collin? Or where Neptune sculled and Tritonville rowed and leandros three bumped heroines two? Neya, narev, nen, nonni, nos! Then whereabouts in Ow and Ovoca? Was it yst with wyst or Lucan Yokan or where the hand of man has never set foot? Dell me where, the fairy ferse time! I will if you listen. You know the dinkel dale of Luggelaw? Well, there once dwelt a local heremite, Michael Arklow was his riverend name, (with many a sigh I aspersed his lavabibs!) and one venersderg in junojuly, oso sweet and so cool and so limber she looked, Nance the Nixie, Nanon L'Escaut, in the silence, of the sycomores, all listening, the kindling curves you simply can't stop feeling, he plunged both of his newly anointed hands, the core of his cushlas, in her singimari saffron strumans of hair, parting them and soothing her and mingling it, that was deepdark and ample like this red bog at sundown. By that Vale Vowclose's lucydlac, the reignbeau's heavenarches arronged orranged her. Afrothdizzying galbs, her enamelled eyes indergoading him on to the vierge violetian. Wish a wish! Why a why? Mavro! Letty Lerck's lafing light throw those laurals now on her daphdaph teasesong petrock. Maass! But the majik wavus has elfun anon meshes. And Simba the Slayer of his Oga is slewd. He cuddle not help himself, thurso that hot on him, he had to forget the monk in the man so, rubbing her up and smoothing her down, he baised his lippes in smiling mood, kiss akiss after kisokushk (as he warned her niver to, niver to, nevar) on

Sturmspur, und Mittellands Schnellsog wüst auf Fersentour, so wendet sich ihrer Wege Schwall und mählich, wellt ost, robbt west, zu spinnen und zu mahlen, zu schrubben und zu dreschen all ihre goldenen Liffeyjahre in die Gerstengefilder und die Schreibergärtchen von Humphreys Hinderfürt, um zu liegen mit einem Landbespringer, Wellingtondenkmalfactor. Ach, vormai sind die erseenten Märdchentage! Um Götas Wellen! Ward esso? Issold? Selzt du wear? Nicht wo der Finn das Gebirge beschnitt, nicht wo die Nora dem Bloem entritt, nicht wo der Foss den Winderer in die Irra führt, nicht wo die Moy ihre Münde scheidet zwisch Cullin und Conn und in Cunn und Collin. Oder wo Neptun treiniert und Tritonville rudert und Leandros drei bestieß Heroinen zwei? Hei, Hwangho und heisa und ha! Wo war es denn dann zwischen Maas und Ziehl? War es host oder gest oder langher in Lucan oder wo des Menschen Hand nie Fuß gesetzt? Ersäl mir wo das illererste Mal! Garn, aber hör zu! Kennst du das dinkel Dal von Luggaland? Also, einstmals hauste dort ein örntlicher Heremitiker, Michael Arklow war sein ahrwürdiger Name, (mit manchem Saufz, hab ich sein Mißgewand geweihwässert!), und an einem Wonnerstag im Junojuli, aqui süß und axo kühl und so lindluft, sah sie, Annchen von Saarau, Nanon L'Escault, zauberstill unter den Platannen, ganz Ohr, die schwüllende Runde muß man wohl mitvollfüllen, da tauchte er seine jüngst gesalbadelten Hände, die Koren seines Kraaislaufs, in ihre syngemusischen sengeflissenen Wirbel an Haar, spaltet und streichelt's und mischt's, was tiefschwarz und üppig ist, wie dieses rote Moor bei Sinnenuntergang. Vauclucidblau, Seelago, orangiert arrondiert sie des Regimbeaus himmlisches Siebengebäuge. Alphrodisiadizierende Salben, enamoillierte Augen überrheizten ihn an zur virgogynalen Violation. Wir mit wiem? Wie sowie? Märdavon! Lacht auf der Lauerbeer, Licht über daphnischem Taufgesang, tu es, Petrick! Mesa! Doch der magische Willenschlag mischt sich tausend zum Elv. Und Sivan der Leuve wird mit dem Geil erschlagen. Er konnt sich's nicht verhätscheln, Durst kam ihm

204 Anna-na-Poghue's of the freckled forehead. While you'd parse secheressa she hielt her souff. But she ruz two feet hire in her aisne aestumation. And steppes on stilts ever since. That was kissuahealing with bantur for balm! O, wasn't he the bold priest? And wasn't she the naughty Livvy? Nautic Naama's now her navn. Two lads in scoutsch breeches went through her before that, Barefoot Burn and Wallowme Wade, Lugnaquillia's noblesse pickts, before she had a hint of a hair at her fanny to hide or a bossom to tempt a birch canoedler not to mention a bulgic porterhouse barge. And ere that again, leada, laida, all unraidy, too faint to buoy the fairiest rider, too frail to flirt with a cygnet's plume, she was licked by a hound, Chirripa-Chirruta, while poing her pee, pure and simple, on the spur of the hill in old Kippure, in birdsong and shearingtime, but first of all, worst of all, the wiggly livvly, she sideslipped out by a gap in the Devil's glen while Sally her nurse was sound asleep in a sloot and, feefee fiefie, fell over a spillway before she found her stride and lay and wriggled in all the stagnant black pools of rainy under a fallow coo and she laughed innocefree with her limbs aloft and a whole drove of maiden hawthorns blushing and looking askance upon her.

Drop me the sound of the findhorn's name, Mtu or Mti, sombogger was wisness. And drip me why in the flenders was she frickled. And trickle me through was she marcellewaved or was it weirdly a wig she wore. And whitside did they droop their glows in their florry, aback to wist or affront to sea? In fear to hear the dear so near or longing loth and loathing longing? Are you in the swim or are you out? O go in, go on, go an! I mean about what you know. I know right well what you mean. Rother! You'd like the coifs and guimpes, snouty, and me to do the greasy jub on old Veronica's wipers. What am I rancing now and I'll thank you? Is it a pinny or is it a

zuheißt, so vergaß er den Mönch im Mann, rieb sie sich auf und strich ihr hinab und mündet ihre Lippen, lächzend vor List, kuß an Küst und küßkost (und bittet sie flehend, niemals zu, niembals zu niemba) auf Anna-na-Pokuss Sommersproß- 204
gestirn. Während du trocken bachstabierst, hielt sie sich ihm über Atem. Aber sie stieg zwei Fluß hoch in ihrer aigenen Achterung. Und steppt auf Stelzen seitdem. Das war küssuaheilsam, ein heiliger Balsamen. O, war er nicht der kühne Priest? Und war sie nicht die unartige Livvy? Urnautische Naama ist jetzt ihr Naven. Zwei Burschen in scotchigen Brüttsches zogen vorher durch sie, Robartfuß Brennt und Wilbert der Water, Lugnaquellas pikt-urigster Adel, bevor sie hatt auch nur ein Deut von Haar an ihrem Fannyhügel oder etwa eine Blüte am Büslein, um einen Birkenkanudel anzulicken, nicht zu reden von eines schwallonischen Kneipenwirts Schwiff. Und still dir das vor, leda laida, noch fiel zu unriff, zu schwach noch, den feehigsten Reiter zu bojen, zu zart, mit der Feder des Cygnet zu spielen, ward sie geleckt von nem Hunnd, syrruppig, sahrrauffig, während Pipi sie pisëlt, klein und klar, auf einem Stück Kleeland am John Kippure, in Vögelsang zur Schafschurzeit; doch zuerst und zuschlimmst seitschlüpferte sie, queckwindlig, livvindig, durch nen Spalt in die Teufelsschlucht, während Sally, hab Amme! schlummertief schlief in einem Splitz, und – pfui pfij fié fjäll – fiel übers Abflußgeschleus, bevor sie noch ihr Schrittmuster fand, und lag, kringschlingerlnd in schwarzem Geplatsch von klitschender Falbkuh. Da lachte sie innishfrei, die Glieder von sich in die Höh, umstarrt von Treiblingen jungerfreulichen Hagestorns in Errötung und Mißträu.

Träufel mir ein, wie er klang, der Name des Findhorns, Mtu oder Mti, stand nicht ein Sumpfdodderich Zeuger? Und tropf mir, wiedherum war sie sommergesprenkelt? Und trippel mir, war sie von Daua gewellt oder mit Wunschhaar gewälscht? Und wellenseits hängten sie Feuer in Lilien, ruckwärts nach Wisten oder affront zur Seh? In Angst und Schmerz um Herz an Herz oder bang vor Verlassen und lahm im Verlangen?

surplice? Arran, where's your nose? And where's the starch? That's not the vesdre benediction smell. I can tell from here by their *eau de Colo* and the scent of her oder they're Mrs Magrath's. And you ought to have aird them. Tey've moist come off her. Creases in silk they are, not crampton lawn.

205 Baptiste me, father, for she has sinned! Through her catchment ring she freed them easy, with her hip's hurrahs for her knees'dontelleries. The only parr with frills in old the plain. So they are, I declare! Welland well! If tomorrow keeps fine who'll come tripping to sightsee? How'll? Ask me next what I haven't got! The Belvedarean exhibitioners. In their cruisery caps and oarsclub colours. What hoo, they band! And what hoa, they buck! And here is her nubilee letters too. Ellis on quay in scarlet thread. Linked for the world on a flushcaloured field. Annan exe after to show they're not Laura Keown's. O, may the diabolo twisk your seifety pin! You child of Mammon, Kinsella's Lilith! Now who has been tearing the leg of her drawars on her? Which leg is it? The one with the bells on it. Rinse them out and aston along with you! Where did I stop? Never stop! Continuarration! You're not there yet. I amstel waiting. Garonne, garonne!

Well, after it was put in the Mericy Cordial Mendicant's Sitterdag-Zindeh-Munaday Wakeschrift (for once they sullied their white kidloves, chewing cuds after their dinners of cheeckin and beggin, with their show us it here and their mind out of that and their when you're quite finished with the reading matarial), even the snee that snowdon his hoaring hair had a skunner against him. Thaw, thaw, sava, savuto! Score Her Chuff Exsquire! Everywhere erriff you went and

Schwemmst du noch drina oder bist du schon drau? O herein, heran, herab! Ich meine, na du weißt schön. Ich gewiß an was du gemannst. Und Vie! Du nemst nur die Häubchen und Chamissetten, du Schnodder, mir läßt du die Schmierwasch auf oller Veronikas Schweißern. Was spuil ich da eigentlich, wenn ich betten darf? Ist das ein Lätzchen oder ist das ein Chorhemd? Alte Elde, wo hast du die Nase? Und wo ist die Stärke? Das ist mitnachten der Heilduft von Weihowasser. Ich rocher's von hier am *eau de colo* und dem Dunst der Arosa, es gehört Frau Magrath. Lifften hättst du sie sollen. Es kommt ihr noch feucht. Seidenplessur ist das, kein städtisches Baumgewöllz. Battiste mich, Vater, denn sie hat gesundigt! Durch ihren Verliebungsring hat sie sich wendig befreit, 205
hüpft, hureh, übersknie reiz und Schweigewäsch. Einsalmiges Parr, neckspitzbeklöppelt, zwischen Altmüll. Tatsichtlich, das sind sie! So weiß so gut! Wenn es morgen noch schön bleibt, wer drippelt zur Seesicht? Wie sollch? Frag mich das nächste! Die Belverderischen Stripendihosen. In ihren Schilfmützen und ihren Rudaclubfarben. Ach so, diese Bänder! Jahoch, diese Ständer! Und hier auch ihr Nubiläumsbuchstab. Ellis auf Kai in rotem Faden, so stellt sich's der Welt auf fleischkalauriertem Feld. Dazu noch ein Ix, daß man's nicht mit Lore Keoghs verwixelt. O, daß dich der Diablo hohl mit diesen Sicherhaltsnetzeln! Du Mammonstochter Kinsella's Lilith! Wer hat ihr denn da die Unterhouse von der Boyne gezerrissen? Welch Bein ist es? Das mit den Schellen. Tropf sie aus und floyd weiter! Wo blieb ich stehn? Nicht Stein! Fordsatzerzähl! Du bist noch nicht da. Ich warta. Geh weiter, gewasser!

Naja, als es dann in der Armsündertag-Sonntag-Mißtrauertagsfestschrift stand (und endlich beschmitzten sie mal ihre weißen Glasseelandschuhe, kauten Prüm nach dem Essen aus Hendeln und Butteln, mit ihrem Schau-ers-tier-an und ihrem Haßt-dös-gehört und ihrem Wenn-dus-fertig-gelöst-hast), da hegte sogar der Snee, der sein grases Haupt besnarte, nen Gröll gegen ihn. Soso, soeste, was haste! Sieh ihn an, dismal,

every bung you arver dropped into, in cit or suburb or in addled areas, the Rose and Bottle or Phoenix Tavern or Power's Inn or Jude's Hotel or wherever you scoured the countryside from Nannywater to Vartryville or from Porta Lateen to the lootin quarter you found his ikom etsched tipside down or the cornerboys cammocking his guy and Morris the Man, with the role of a royss in his turgos the turrible, (Evropeahahn cheic house, unskimmed sooit and yahoort, hamman now cheekmee, Ahdahm this way make, Fatima, half turn!) reeling and railing round the local as the peihos piped und ubanjees twanged, with oddfellow's triple tiara busby rotundarinking round his scalp. Like Pate-by-the-Neva or Peteover-Meer. This is the Hausman all paven and stoned, that cribbed the Cabin that never was owned that cocked his leg

206 and hennad his Egg. And the mauldrin rabble around him in areopage, fracassing a great bingkan cagnan with their timpan crowders. Mind your Grimmfather! Think of your Ma! Hing the Hong is his jove's hangnomen! Lilt a bolero, bulling a law! She swore on croststyx nyne wyndabouts she's be level with all the snags of them yet. Par the Vulnerable Virgin's Mary del Dame! So she said to herself she'd frame a plan to fake a shine, the mischiefmaker, the like of it you niever heard. What plan? Tell me quick and dongu so crould! What the meurther did she mague? Well, she bergened a zakbag, a shammy mailsack, with the lend of a loan of the light of his lampion, off one of her swapsons, Shaun the Post, and then she went and consulted her chapboucqs, old Mot Moore, Casey's Euclid and the Fashion Display and made herself tidal to join in the mascarete. O gig goggle of gigguels. I can't tell you how! It's too screaming to rizo, rabbit it all! Minneha, minnehi minaaehe, minneho! O but you must, you must really! Make my hear it gurgle gurgle, like the farest gargle gargle in the dusky dirgle dargle! By the holy well of Mulhuddart I

den Herrn, den Chaib, den Erhabenen! Wohinzimmer mann ging, jede Pinte, die man betrat, im Cent oder rhum herum, oder in Austerbecircen, die Ros und die Flasch, die Phoenix-Taverne oder Power's Gasthaus oder das Joycehotel, oder wohinter man die Gegend durchwand, von Niniwesser bis Weitschweif oder von der Porta Landrina zum Quadrat Latin, all über all fand man sein Ikonterfei von ob nach una gedroht, oder die Streunjungen hauhechelten sein Abbulld, und Morris der Hillman in der Rolle des Royss als Turko der Tourann (Evropekahnisches Speishaus, rheinster Nierstalg, Jogahorton, auch Hamman, fettmattgesulzt, Adaams allhierzumir, Fatima rechtsum!) lümmelt und lärmt durchs Stammlokal, die Fiume flötet, das Ubanjo oselt, Otellogenbruders Dreifallstiara summt und rotundarotiert um Husarenskalpack. Wie Platt an der Nida oder Pittruß sur Mér. Dies ist Haussman, gepflastert, gesteinigt, der die Hütte gepfercht, die niemand gehört, der sein Bein hahngestelzt, der sein Ei huhngelegt. Und der Pöbelhauf, Maul drin, mischt sich zu Wort, 206
areopaginiert, krachklappert, verfleddert Timpansengezerrpel. Paß auf Grimmatikvater! Denk an Mama! Hing der Hong ist des Jobpaters Beilnam. Leg nen Bolero hin, stell Bullregeln auf! Sie schwor bei des Akreuzstocks neyn Windlungen, daß sie rächen würd all ihre Schmälung. Bei der verwundbaren Jungfreumarie der Dahme! So sagt sie zu sich, sie schmiert sich nen Plan, um den Anschein zu fahren, die Intransigantin, sowas hast du noch nedermals geheuert. Welch Plan? Sag's mir soförd, still es nicht cald! Was zum Trebel hat sie getang? Na, sie borgnet nen Packsack, nen sämischen Postsack, mit dem Darrlehn des Lichts seiner Lumpe, von einem ihrer zwei Wechselbälger, von Shaun dem Posten, und geht, konsulmiert ihre Geschiquebücher, den Glossiker Moore, O'Casey's Euclid und die Modechornale, dann macht sie sich flutig für die Muskerata. O glugg gigoli lichtgelächt. Kander nicht sagen wie! So kapottlachig, das lasolot dich nicht los! Minneha, minnehi, minehaha, minneho! Doch, du mußt, du mußt würglich! Laß es recht gargelgurgeln, wie das färnostige

swear I'd pledge my chanza getting to heaven through Tirry and Killy's mount of impiety to hear it all, aviary word! O, leave me my faculties, woman, a while! If you don't like my story get out of the punt. Well, have it your own way, so. Here, sit down and do as you're bid. Take my stroke and bend to your bow. Forward in and pull your overthepoise! Lisp it slaney and crisp it quiet. Deel me longsome. Tongue your time now. Breathe thet deep. Thouat's the fairway. Hurry slow and scheldt you go. Lynd us your blessed ashes here till I scrub the canon's underpants. Flow now. Ower more. And pooleypooley.

First she let her hair fal and down it flussed to her feet its teviots winding coils. Then, mothernaked, she sampood herself with galawater and fraguant pistania mud, wupper and lauar, from crown to sole. Next she greesed the groove of her keel, warthes and wears and mole and itcher, with antifouling butterscatch and turfentide and serpenthyme and with leafmould she ushered round prunella isles and eslats dun, quincecunct, allover her little mary. Peeld gold of waxwork her

207 jellybelly and her grains of incense anguille bronze. And after that she wove a garland for her hair. She pleated it. She plaited it. Of meadowgrass and riverflags, the bulrush and waterweed, and of fallen griefs of weeping willow. Then she made her bracelets and her anklets and her armlets and a jetty amulet for necklace of clicking cobbles and pattering pebbles and rumbledown rubble, richmond and rehr, of Irish rhunerhinerstones and shellmarble bangles. That done, a dawk of smut to her airy ey, Annushka Lutetiavitch Pufflovah, and the lellipos cream to her lippeleens and the pick of the paintbox for her pommettes, from strawbirry reds to extra violates, and she sendred her boudeloire maids to His Affluence, Ciliegia Grande and Kirschie Real, the two chirsines, with respecks from his missus, seepy and sewery, and a request might she passe of him for a minnikin. A call to pay and light

Gargelgegärgel der dämmerdüsteren Klagendargle! Beim
heilsamen Quell von Mulhuddart schwör ich's, verpfünd
meine Chanza, in den Himmel zu kommen durch Terry und
Killy's Layhaus, um alles zu hören, jede Passarge. Jetzt laß
mich mal schnaufen ne Wyl, Weib! Wenn du meine Geschicht
nicht järn hörst, steig aus der Punt. Also gut, mach's wie du
fühlst. Hier setz dich hin und tu was ich sage. Fall ein mit
dem Roeder, schlag die Ritter durch: Vorwärts jetzt und bach-
bord nach! Jetzt lisple mir leinsam und flüstre mir vlissing!
Gib es mir delialiert! Mündle dir Zeit jetzt! Atmos tief ein!
Sother ist's rechtweg. Eil weilsam und schliddere nicht! Kipp
uns herr deine seilige Asche, währenddess schrubbich kano-
nische Unterhos. Fluß lauf. Zusam. Nun weier weilherr!
Erst ließ sie ihren Haaren Fall, und herab floß es zu Fuß, in
theißenden ringelnden Lockern. Und dann, mitternackt, seift
sie sich ein mit Galaxienmilch und aronatisch-phlegendem
Krystazienschlamm, obion et unsha, vom Harz bis zur Seele.
Dann besalbte sie Grube von Mietzel und Mürz und Mutter
und Mal und Kratzer mit antifaulendem Karamalz und Tur-
fenthym und Särpenzin, podert mit Liebstock ihre prünella
Itzeln, bezaudert ihr fünnfiges Quitt mit Islandminz allover
ihr kleines Röschen. Schaalt Gold aus Wachswerk über ihren 207
Wiggelbauch und Ribbeln aus Weihrauch, aalglossigbraun.
Darauf wob sie Girland in ihr Haar. Sie zöpfte es. Sie zupfte
es. Aus Visengras und Wasserflecht, aus Flatterbins und Ufer-
halm, und aus dem Schmerzgefälle der traurigen Weiden.
Dann macht sie sich Armband und Halsbind und Fesselbund
und ein moliges Armulet als Halskett aus klickernden Kieseln
und glitzernden Klinkern und Rumboldgeröll, reichmir und
rar, aus kiltischem Runenrheinstein, aus muschelmarmornem
Murmeln. So weyet so gust; ein Fetzchen Schilk im lumpfigen
Aug, Annuschka Lätiziowitsch Puffliewa, lutschbourbon
Creme an ihren Lüsterlippen, die Pausbickchen mit dem
Schlickerfeinsten Ihres Schminktopfs betönt, von Erdbier-
Erröten bis Ultraviolenz, sandete ihre boudeloire Zöfchen an
seine Zurlaucht Ciliegia Grande und Cherry Real, den beiden

a taper, in Brieon-Arrosa, back in a sprizzling. The cock striking mine, the stalls bridely sign, there's Zambosy waiting for Me! She said she wouldn't be half her length away. Then, then, as soon as the lump his back was turned, with her mealiebag slang over her shulder, Anna Livia, oysterface, forth of her bassein came.

Describe her! Hustle along, why can't you? Spitz on the iern while it's hot. I wouldn't miss her for irthing on nerthe. Not for the lucre of lomba strait. Oceans of Gaud, I mosel hear that! Ogowe presta! Leste, before Julia sees her! Ishekarry and washemeskad, the carishy caratimaney? Whole lady fair? Duodecimoroon? Bon a ventura? Malagassy? What had she on, the liddel oud oddity! How much did she scallop, harness and weights? Here she is, Amnisty Ann! Call her calamity electrifies man.

No electress at all but old Moppa Necessity, angin mother of injons. I'll tell you a test. But you must sit still. Will you hold your peace and listen well to what I am going to say now? It might have been ten or twenty to one of the night of Allclose or the nexth of April when the flip of her hoogly igloo flappered and out toetippit a bushman woman, the dearest little moma ever you saw, nodding around her, all smiles, with ems of embarras and aues to awe, between two ages, a
208 judyqueen, not up to your elb. Quick, look at her cute and saise her quirk for the bicker she lives the slicker she grows. Save us and tagus! No more? Werra where in ourthe did you ever pick a Lambay chop as big as a battering ram? Ay, you're right. I'm epte to forgetting, Like Liviam Liddle did Loveme Long. The linth of my hough, I say! She wore a ploughboy's nailstudded clogs, a pair of ploughfields in themselves: a sugarloaf hat with a gaudyquiviry peak and a band of gorse

Bekirken, mit Respeck von der Missa, schlipfrig und schlickig, mit dem Ersuch, ob sie zufließen dürf, ein Momänneken bißchen. Vistite zu machen, ein Kürzchen zu zünden, Arröschen zu stocken, sofertig zurück. Da ruft der Hahn die Stunde mein, der Sterne Braut am Himmelsschein, so wart auch schon seine Allsenz auf mich. Sie sagt, sie weile nicht halb ihre Länge. Dann aber, kaum hat der Klump seinen Buckel gekehrt, kam Anna Livia, Logenmaulsack über Schulter geschlagen, austergesichtig herbraus aus ihrer Bassine.

Beschreib sie, loswarum schrubbst du nicht flinker? Sprinnze das Göhrn, solange es gleiß ist. Ich will sie nicht verpassen, für ichts auf der Nerthe, nicht für alle Liri aus dem Lombardhouse. Bei Gaudis Würde, ich musas hören. Pregel voran! Seichte, eh Julia cänsuriert. Was hatti siang, und wasch die moskiert, das kätzig Karrädchen? Huron? Hold Herrin? Duodezimatrone? Bonne Abenteureuse? Madame der Gass gar? Wie sah sie aus, liddelich oder sotsam? War sie gemuschelt, gescherrt und Gewicht? Hier ist sie, Anna umnestelt, nenn sie Fatale: macht Männer elegrisch.

Nix von Selektra, nur die Alte Poppa Notwindigkeit, ewig Allmutter des Urtiebs. Ich tu dir nen Test. Aber still mußt du sittern. Halt friedlich und horch gut zu, was ich dir sacre. Es ging auf den Zehnten oder zwanzig zu eins in der Nacht Allerheuligen oder nächstem April, als der Klip ihres heigligen Igloos klappte und heraus tiptrippelte Buschmanns Weibchen, allerlubst kleine Moma, die irgend man sah. Sie neckt allen zu, ganz Lächeln, erroth vor Verlegen, von Aach bis Angst, zwischen zwei Altern, eine Kasperlkönigin, reicht dir
nicht bis Elbaugenhöh. Resch, guck sie dir an, ihr Enthüllchen, 208
und lupf ihr den Schrock, denn je sträckser sie lebt, umm so schlecker sie wird. Rott uns und nem uns! Nicht mehr? Auf welch ordo der Welse hast du ein Lambaykotlett aufgegabelt, so groß wie ein Riesenrammbock? Ja, du hast recht, ich bin so vergießlich, wie liddel Livias Jelängerjeliebesherz. Ein Lied für mein Leben geb ich. Sie trug eines Pflugboys genagelte Stolpen, die warn ein paar Pflügäcker schon an sich, ein Zuk-

for an arnoment and a hundred streamers dancing off it and a guildered pin to pierce it: owlglassy bicycles boggled her eyes: and a fishnetzeveil for the sun not to spoil the wrinklings of her hydeaspects: potatorings boucled the loose laubes of her laudsnarers: her nude cuba stockings were salmospotsspeckled: she sported a galligo shimmy of hazevaipar tinto that never was fast till it ran in the washing: stout stays, the rivals, lined her length: her bloodorange bockknickers, a two in one garment, showed natural nigger boggers, fancyfastened, free to undo: her blackstripe tan joseph was sequansewn and teddybearlined, with wavy rushgreen epaulettes and a leadown here and there of royal swansruff: a brace of gaspers stuck in her hayrope garters: her civvy codroy coat with alpheubett buttons was boundaried round with a twobar tunnel belt: a fourpenny bit in each pocketside weighed her safe from the blowaway windrush; she had a clothespeg tight astride on her joki's nose and she kep on grinding a sommething quaint in her fiumy mouth and the rrreke of the fluve of the tail of the gawan of her snuffdrab siouler's skirt trailed ffiffty odd Irish miles behind her lungarhodes.

Hellsbells, I'm sorry I missed her! Sweet gumptyum and nobody fainted! But in whelk of her mouths? Was her naze alight? Everyone that saw her said the dowce little delia looked a bit queer. Lotsy trotsy, mind the poddle! Missus, be good and don't fol in the say! Fenny poor hex she must have charred. Kickhams a frumpier ever you saw! Making mush mullet's eyes at her boys dobelon. And they crowned her their charition queen, all the maids. Of the may? You don't say! Well for her she couldn't see herself. I recknitz wharfore the darling murrayed her mirror. She did? Mersey me! There was a koros

kerhauthut mit nem Aufseß, farbflundrig und fledernd, ein Stichgängsterkranz als Arnoment, daran tingelten hundert glitternde Wampeln herab, und eine vergöllderte Nadel zum Stichhalt; aalspiegelglasse Zwickerlinge stutzten die Augen; und ein Fisknetzeschlei, auf daß die Sonne der Antletzhaut nicht runzelweis scheine; Karthäufelringe klammten die Ormuskeln ihrer Lautlobhörer; ihr nahthaarlos Strumpf war lachsgetröpfelt; sie laichtete sich einen gaelico Jumper, foxbetroddelt, dessen Haselton kleckerte ihr in die Waschung; Chorosettenstab und Stemm, die Rivalen, uferten ihre Länge; ire blutorangenen Bocks-schlüpfer, zweie im Einkleid, wiesen in satura auf hockende Bögger mit ungebändem Verschluß, zur Öffnung unbedröhlich und drei; ihr schwarzbraun gestripter Reitmanteau war paillettenbesäult und gefodert mit Tittybär, mit wogend binsgrünen Efeuletten und ledarnem Hinweiß eppig und daun vom Kranz des Königs der Schwäne; ein Bund Sargnörgel stak in ihrem Heuropper Hosband; ihr ripsamtener Klamontel mit Alpharbedknöpfen war rundum begrinzt von zwei Takten Unterfuhr; eine Vierpencenmünz in jeder Taschenseit wog sicher sie gegen fortblasen Windstrom; ein Kleiderhaken floß ihr rittlings jock-hey die Nase, und dauarnd knirschte sie ireng etwas dralliges in ihrem flüssernden Mund, und der Rreuch des Stromes der Schleppe des Rockes des schnupftarnakfarbenen Frewzeitgewandes schlepperte ffuffzig und mehr irische Meilen hinter ihrer Strandwandelweiche.

Herrjeh, daß ich dasse verpasset hab! Zum himmlischen Herrscherz, und niemand viel um. Aber walche der Mündungen war's? Hatt sie ne blanke Neeze? Alleman in Sicht sagten, die debile kleine Delilah säh ein wenig siltsomme aus. Laotsi tseotsi, paß auf die Grütz! Missuns sei lieb und wangel nicht ins Meer! Ulige arme Hex muß sie gewaschen sein. Vogel so scheuchig wie meuglich. Macht Zinutsternchenaugen all iren Doubljungs. Und caritaten sie krönen zur Königin der Maiden. Des Mai? War's dabei? Wohl ihr, daß sie selb sich nicht sehen kannt. Das ist's wohl und ach, weshalb das Lievchen

209 of drouthdropping surfacemen, boomslanging and plugchewing, fuiteyeing and flowerfeeding, in contemplation of the fluctuation and the undification of her filimentation, lolling and leasing on North Lazers' Waal all eelfare week by the Jukar Yoick's and as soon as they saw her meander by that marritime way in her grasswinter's weeds and twigged who was under her archdeaconess bonnet, Avondale's fish and Clarence's poison, sedges an to aneber, Wit-upon-Crutches to Master Bates: *Between our two southsates and the granite they're warming, or her face has been lifted or Alp has doped!*

But what was the game in her mixed baggyrhatty? Just the tembo in her tumbo or pilipili from her pepperpot? Saas and taas and specis bizaas. And where in thunder did she plunder? Fore the battle or efter the ball? I want to get it frisk from the soorce. I aubette my bearb it's worth while poaching on! Shake it up, do, do! That's a good old son of a ditch! I promise I'll make it worth your while. And I don't mean maybe. Nor yet with a goodfor. Spey me pruth and I'll tale you true.

Well, arundgirond in a waveney lyne aringarouma she pattered and swung and sidled, dribbling her boulder through narrowa mosses, the diliskydrear on our drier side and the vilde vetchvine agin us, curara here, careero there, not knowing which medway or weser to strike it, edereider, making chattahoochee all to her ain chichiu, like Santa Claus at the cree of the pale and puny, nistling to hear for their tiny hearties, her arms encircling Isolabella, then running with reconciled Romas and Reims, on like a lech to be off like a dart, then bathing Dirty Hans' spatters with spittle, with a Christmas box apiece for aisch and iveryone of her childer, the birthday gifts they dreamt they gabe her, the spoiled she fleetly laid at our door! On the matt, by the pourch and inunder the cellar. The rivulets ran aflod to see, the glashaboys, the pollynooties. Out of the paunschaup on to the pyre. And

den Speygel zerheirat hat. Hat sie? Dunawetter! Es warda ein
Koros von dursttraufernden Flußliederläuten, boomsfällernd 209
und primskauernd, leeveugelnd und luvvogelnd, beim Medi-
tieren über das Fluktuieren und das Entdiffizieren im Fila-
mentieren, lümmelnd und lüdernd am faulenzen Nordwall in
der Aalfahrtswoche, an Joryck dem Joker, und alls sie sahn,
wer da kommt, meandernd frohzeit auf marintime Masche, in
ihrem Strohwintwerflor, und sich überzweigten, wer sich da
berge unter der Erzdiakonisterhaube, Avondales Fisch und
Clarences Fleisch, sagt der Ohne zum Undern, sagt der krück-
lige Wetzbold zu Master Bator: *Unter uns beiden, den Süd-
podices und dem Granit, den sie wärmen, man hat das Gesicht
ihr gelifftet, oder Alp ist betäuft!*

Doch was war das für Kram in dem Spielranzensack? Bloß
Weinschank im Wanst oder pilipili aus dem Pepperpot? Saat
und Tat und Spezibizaar? Und woher zum Dunder kam der
Plunder? War's fahre der Schlacht oder nare dem Ball? Ich
will es wissen, frisk von der Quill. Um meine Sele wetter ich,
das Wildern wartet sich aus. Schütt es hin, bitabita! Du bist
auch brav alte Lumbenhunte. Ich versprech dir, werde dich gut
belomen, und das meine ich erlich. Verlesse dich dra. Red mir
var, und ich zahle dir bar.

Also rhondaundgirund ringgestrudelt in Wellen treppelt sie,
schwinkt aus und segelt, schlippt ihr Geröll zwischen Naß-
moos, trauerweiht diesseits den Esstang, holundert uns jen-
seits Wacholder, Kurare hie, Karriere da, weiß nicht, ob Mid-
delweg oder Sirthe zu wellen, ent oder wiesent, klatscht klina-
klini ihre Quellwisser an, wie Sankt Neckarlaus auf Anruf der
Warmen und Schachen, nistelt zum Horch ihrer winzigen
Bürzchen, die Arme umkirgeln Insulabella, rauscht weider mit
den Wiederversöhnen Romas und Rheimus, und färner im
Leck, reißend wie fjell, badet des Schmudderhanns Klamasch
in Spelucke, mit nem Weihnachtspaket po Stück jadem ainzel-
nen Irkind, Geburtstagsgeschänk, deren Gabe erträumt und
verwöhnt, und da flößt sie die Beute uns vor die Tür. Auf die
Mattsche, in die Eingangshelbe, und wellabwart zum Keller,

they all about her, juvenile leads and ingenuinas, from the slime of their slums and artesaned wellings, rickets and riots, like the Smyly boys at their vicereine's levee. Vivi vienne, little Annchen! Vielo Anna, high life! Sing us a sula, O, susuria! Ausone sidulcis! Hasn't she tambre! Chipping her and raising a bit of a chir or a jary every dive she'd neb in her culdee sacco of wabbash she raabed and reach out her maundy meerschaundize, poor souvenir as per ricorder and all for sore aringarung, stinkers and heelers, laggards and primelads, her furzeborn sons and dribblederry daughters, a thousand and one of them, and wickerpotluck for each of them. For evil and ever. And kiks the buch. A tinker s bann and a barrow to boil his billy for Gipsy Lee; a cartridge of cockaleekie soup for Chummy the Guardsman; for sulky Pender's acid nephew deltoïd drops, curiously strong; a cough and a rattle and wildrose cheeks for poor Piccolina Petite MacFarlane; a jigsaw puzzle of needles and pins and blankets and shins between them for Isabel, Jezebel and Llewelyn Mmarriage; a brazen nose and pigiron mittens for Johnny Walker Beg; a papar flag of the saints and stripes for Kevineen O'Dea; a puffpuff for Pudge Craig and a nightmarching hare for Techertim Tombigby; waterleg and gumboots each for Bully Hayes and Hurricane Hartigan; a prodigal heart and fatted calves for Buck Jones, the pride of Clonliffe; a loaf of bread and a father's early aim for Val from Skibereen; a jauntingcar for Larry Doolin, the Ballyclee jackeen; a seasick trip on a government ship for Teague O'Flanagan; a louse and trap for Jerry Coyle; slushmincepies for Andy Mackenzie; a hairclip and clackdish for Penceless Peter; that twelve sounds look for G. V. Brooke; a drowned doll, to face downwards for modest Sister Anne Mortimer; altar falls for Blanchisse's bed; Wildairs breechettes for Magpeg Woppington; to Sue Dot a big eye; to Sam Dash a false step; snakes in clover, picked and scotched, and a vaticanned viper catcher's visa for Patsy

Die Bächlein ronnten flott zur Seh, die Flitterboys, die Freudichgirls. Aus dem Pfandschabhaus auf den Scheiterhauf. Und alle rundum sie, jugendliche Lieber und Naivetten, aus dem Sleim ihrer Slums, den artisanierten Quartieren, Hinfall und Aufruhr, wie Günstlächler zur levée ihrer Stadtzuhalterin. Vivi Vienne, unser Ännchen! Skelefte Anna, hok! Sing uns ein Leda! O Säuseleia! Unsea Sedulcinella! Hat die ein
Timbro! Schnäbeln sie, hieven ein Zirp oder Krisch, wenn sie 210
taucht zum Schnapp in den Culdesacko voll Schlüdder, sie robbt und reicht rum ihre allmosige Wasserware, zahlt poweres Souvenir, zählt pures Ricordo, und alldies süsaure Heringerung für Stinker, Stehler, Ultimotrödler und Kassenprimaner, ginsterzeugte Söhne und gansertripplige Töchter, Stücker tausendundeins, jedem ein Griff in den Wie-es-gradkommt-Korb. Für schlimmer und ewig. Bibelkuß, haut ab auf die Pauke. Ein Pfifferlingswert und ein Kesselflick, um drin zu schmoren, für Gipsy Lee; ne Kartusche voll Huhnerlauchtbrue für den Hans von der Garde; für des leidigen Wicks sauren Neffen Deltsamdrops, seltsam stark; Hustel und Rassel und Wildrosenwänglein für die arme Piccolina Petite MacFarlane; ein Legespielrätsel aus Nähnadel, Stecknadel, Deckbett und Beinwadl für Isabel, Jesabel und Llewelyn Llochzeit; Brasserienase und Masseleisenfaust für Klein-Johnnie Walker; eine Wattikanflagge mit Heiligenstars und Streips für Kevineen O Dea; ein Puffpuff für Wanst Craigh und ein Nachtmarzhase für Tick Tim Tombigby; Wasserbein und Gummischuh für Bully Hayes und Hurrikan Hartigan; verlorenes Herzblatt und gemästete Kalbswaden für Buck Jones, den Stolz von Clonliffey; ein Laib Brot und eines Vaters Zukunftstrachten für Herrn de Val aus Cork; eine Zweiradkarre für Larry Doolin, den Gammler von Hinderfurt; eine Seefernwehreise auf nem Regierungsschiff für Teague O'Flanagan; Laus und Falle für Jerry Coyle; Dreckbäckerei für Andy Mackenzie; Haarschur und Sparkurs für Peters Pfenniglos; ein Siegergesicht für den Bretterheld Brooke; eine ertränkte Puppe, Blick abwärts, für Schwester Anne Mortimer, ach so

Presbys; a reiz every morning for Standfast Dick and a drop every minute for Stumblestone Davy; scruboak beads for beatified Biddy; two appletweed stools for Eva Mobbely; for Saara Philpot a jordan vale tearorne; a pretty box of Pettyfib's Powder for Eileen Aruna to whiten her teeth and outflash Helen Arhone; a whippingtop for Eddy Lawless; for Kitty Coleraine of Butterman's Lane a penny wise for her foolish pitcher; a putty shovel for Terry the Puckaun; an apotamus mask for Promoter Dunne; a niester egg with a twicedated shell and a dynamight right for Pavl the Curate;

211 a collera morbous for Mann in the Cloack; a starr and girton for Draper and Deane; for Will-of-the-Wisp and Barny-the-Bark two mangolds noble to sweeden their bitters; for Oliver Bound a way in his frey; for Seumas, thought little, a crown he feels big; a tibertine's pile with a Congoswood cross on the back for Sunny Twimjim; a praises be and spare me days for Brian the Bravo; penteplenty of pity with lubilashings of lust for Olona Lena Magdalena; for Camilla, Dromilla, Ludmilla, Mamilla, a bucket, a packet, a book and a pillow; for Nancy Shannon a Tuami brooch; for Dora Riparia Hopeandwater a cooling douche and a warmingpan; a pair of Blarney braggs for Wally Meagher; a hairpin slatepencil for Elsie Oram to scratch her toby, doing her best with her volgar fractions; an old age pension for Betty Bellezza; a bag of the blues for Funny Fitz; a *Missa pro Messa* for Taff de Taff; Jill, the spoon of a girl, for Jack, the broth of a boy; a Rogerson Crusoe's Friday fast for Caducus Angelus Rubiconstein; three hundred and sixtysix poplin tyne for revery warp in the weaver's woof for Victor Hugonot; a stiff steaded rake and good varians muck for Kate the Cleaner; a hole in the ballad for Hosty; two dozen of cradles for J. F. X. P. Coppinger;

züchtig; Altarkniegefälle für Blanchisse's Bettchen; oscarwilde Kniehöschen für Magbette Woppington; für Susi Dot ein Augenwurf; für Sam Dash ein Fehlschritt; Schlangen in Klei, gepiktelt und gescotscht, und ein Segen, Vipern in Weihwasser zu legen, für Patsy Presby; ein Erekt jeden Morgen für den standfelsen Dick, und ein Naß jene Minute für den tropfsteinen Davy; Schrubberschweißperlen für die beseligte Brigitt; zwei Giftpelz im Stuhl für die schlottrichte Eve; für Saara Philpots Tränen ein jordener Nachttopf; ein hübsches Döschen mit Silberdarmpuder zum Zähneweiß für Eileen Aruna, um Helen Arhones Lächeln auszustecheln; ein Kreisel zum Peitschen für Eddy gesetzlos; für Kitty Coleraine aus der Butterergaß eines Pfennigs Wert, der den Taler ehrt; eine Kinkerlitze für die Terry als Troll; eine hipopostolische Grimaske für Verunstalter Dunne; ein Osternest-Ei mit zweifaller Schale und dynamitischem Schall für Pavl den Ku- 211
raten; ein Cholera-Morbus für Thomas im Manntel; ein Orden mit Stern für Dekan Jonathan; für den irrlichten Will und den bell und nichtbeißenden Bernard zwei noble Prisen, Punsch zu beschweden; für Oliver Bond ein fruchtbarer Weg; für Jakob, der Kleingilt, eine Krone zum Großfühl; ein Lüstererpfahl mit nem Clongowholzkreuz für den sonnybojenden Jimmy; ein gelobt-sei und erspar-mir-den-Tag für Brian den Braven; ein Aschsackvoll Mittelleid mit Jubilastern der Lust für Olona Lena Magdalena; für Camilla, Dromilla, Ludmilla, Mamilla ein Eimer, ein Buch, ein Kissen, ein Packen; für die Nancy der Shannons ein vergoldeter Zweig; für Dora Riparia Seichundwasser ne kühlende Spühlung, darauf eine Würmflasch; ein Paar Flamisell-Unterhosen für Wally Meagher; ein Haarnadelgriffel für Elsie Oram, zum Kratz unterm Rock, um ganz zu schweigen von vulväreren Teilen; eine Altersrente für Betty Bellezza; Katzenjammer im Sack für Witzbold Fitz; eine *missa pro messa*, für Tauff de Tauff; Jill, Deckel von nem Göhr, für Jack, Topf von nem Kerl; eine Rogerson Crusoe's Freitagsfastensfahrt für Cadutus Angelus Rubikohnstein; dreihundertsechsundsechzig Feinstpopelin-

tenpounten on the pop for the daulphins born with five spoiled squibs for Infanta; a letter to last a lifetime for Maggi beyond by the ashpit; the heftiest frozenmeat woman from Lusk to Livienbad for Felim the Ferry; spas and speranza and symposium's syrup for decayed and blind and gouty Gough; a change of naves and joys of ills for Armoricus Tristram Amoor Saint Lawrence; a guillotine shirt for Reuben Redbreast and hempen suspendeats for Brennan on the Moor; an oakanknee for Conditor Sawyer and musquodoboits for Great Tropical Scott; a C3 peduncle for Karmalite Kane; a sunless map of the month, including the sword and stamps, for Shemus O'Shaun the Post; a jackal with hide for Browne but Nolan; a stonecold shoulder for Donn Joe Vance; all lock and no stable for Honorbright Merreytrickx; a big drum for Billy Dunboyne; a guilty goldeny bellows, below me blow me, for Ida Ida and a hushaby rocker, Elletrouvetout, for Who-is-silvier – Where-is-he?; whatever you like to swilly to

212 swash, Yuinness or Yennessy, Laagen or Niger, for Festus King and Roaring Peter and Frisky Shorty and Treacle Tom and O. B. Behan and Sully the Thug and Master Magrath and Peter Cloran and O'Delawarr Rossa and Nerone MacPacem and whoever you chance to meet knocking around; and a pig's bladder balloon for Selina Susquehanna Stakelum. But what did she give to Pruda Ward and Katty Kanel and Peggy Quilty and Briery Brosna and Teasy Kieran and Ena Lappin and Muriel Maassy and Zusan Camac and Melissa Bradogue and Flora Ferns and Fauna Fox-Goodman and Grettna

träumereien, zäsuriert durch Webers Kette und Schuß, für Victor Hugenautt; eine Harke, stramm vor Zinken, und gut varianischer Matsch für Kate die Putze; ein Loch in der Ballade von und für Hosty als Wirt; Wiegen, zwo Dutzend Stück, für J. F. X. P. Coppinger; zehn Pfund hops, im Schuppen verwettet um des Daulphins Geburt, doch fünf Blindgänger für die Infanta; ein Brief, der ein Leben langt, für die Maggies dort jenseits des Aschenlochs; die pfündigste Frau aus Gefrierfleisch zwischen Lusk und Livienbad für den warmen Felim, den Fühler; Spas und Speränzchen und Syrup sehr symposant für den gichtblinden Humpler Sir Hugh; eine Garnitur voller Kniffe und eine Inventur voller Schäden für Armoricus Tristram Amore Sankt Lorenz; ein Hinrichtfesthemd für Ruben Redbreast, und Hänghosenträger aus Hanf für Brennan über dem Moor; ein Eichknie vom Oconee für Stadtgründer Sawyer, und ein Musquodoboutlibet für den großtropischen Scott; ein Dienstuntauglichkeitszweiglein für den Karmelit Kane; eine Mondmonatskarte, sonnenlos doch mit Schwert und seltener Marke für Shemus O'Shaun, den Postmann; ein Schakill, gehyded für den Bruno vormals Nola; eine steinkalte Schulter für Donn Giovance; immerlocker, nimmerfest für Honor Bright, Mehreretrickx; die große Trommel für Billy Dunboyne; ein schillernd-schuldiges Gebläs blas-mich-von-unten für Ida von der Mission, und ein schlummerliedlicher Schaukelstuhl, System Elletrouvetout, für Wer-ist-versilberter – Wo-ist-er?; was Ihr wollt, hinter die Binde zu gießen an Guinnass oder Gennessys, an Lager 212
oder Niger, für Festus den Narr und Petrus den Losen und Frisky den Kurzen und Tom den Melassenen und Behan vom Dienst und Sully den Killer und Master Magrath und Peter Cloran und O'Delawarr Rouge et Noirone Macpacem und wem man halt so begegnet; und ein Schweinsblasballon für Selina Susquehanna Stakelum. Doch was gab sie der Prüda Lohn und der Kessy Kähnl, der Peggy Plühm und Dorna Dröschen und Necky Mann und Dinah Gelt und Marta Mosel und Suranna Pegnitz und Melissa Lafnitz und Flora Farn

Greaney and Penelope Inglesante and Lezba Licking like Leytha Liane and Roxana Rohan with Simpatica Sohan and Una Bina Laterza and Trina La Mesme and Philomena O'Farrell and Irmak Elly and Josephine Foyle and Snakeshead Lily and Fountainoy Laura and Marie Xavier Agnes Daisy Frances de Sales Macleay? She gave them ilcka madre's daughter a moonflower und a bloodvein; but the grapes that ripe before reason to them that devide the vinedress. So on Izzy, her shamemaid, love shone befond her tears as from Shem, her penmight, life past befoul his prime.

My colonial, wardha bagful! A bakereen's dusind with tithe tillies to boot. That's what you may call a tale of a tub! And Hibernonian market! All that and more under one crinoline envelope if you dare to break the porkbarrel seal. No wonder they'd run from her pison plague. Throw us your hudson soap for the honour of Clane! The wee taste the water left. I'll raft it back, first thing in the marne. Merced mulde! Ay, and don't forget the reckitts I lohaned you. You've all the swirls your side of the current. Well, am I to blame for that if I have? Who said you're to blame for that if you have? You're a bit on the sharp side. I'm on the wide. Only snuffer's cornets drifts my way that the cracka dvine chucks out of his cassock, with her estheryear's marsh narcissus to make him recant his vanitty fair. Foul strips of his chinook's bible I do be reading, dodwell disgustered but chickled with chuckles at the tittles is drawn on the tattlepage. *Senior ga dito: Faciasi Omo! E omo fu fò.* Ho! Ho! *Senior ga dito: Faciasi Hidamo! Hidamo se ga facessà.* Ha! Ha! And *Die Windermere Dichter* and

213 Lefanu (Sheridan's) old *House by the Coachyard* and Mill (J.) *On Woman* with *Ditto on the Floss.* Ja, a swamp for Altmuehler and a stone for his flossies! I know how racy they move his wheel. My hands are blawcauld between isker and

und Fauna Fox-Goodman und Grettna Grienlich und Pene-
lope Engelsang und Lesba Leckelt wie Leitha Loeb und Ro-
xane Roß-Reiter mit Simpatica Soweiter und Ina Zwina La-
tritza und Trina la Même und Philomena O'Farrell und Ir-
mak Elly und Josephine Foyle und der Schildblumenlilly und
Fountleroy Laura und Maria Xaver Agnes Desi Franz von
Salesianerkeller? Einer jeden Mutter Tochter gab sie ein Lied,
eine Mondblume, eine Blaublutader. Doch die Trauben, reif
vor Gedenkzeit, nur Jenen, die im Weinkeltergewand sich
entzweigen. So Izzy, ihrem Mädchen der Scham, Liebe ver-
gangen im feucht ihrer Tränen, wie Shem, schreibmächtigem
Freund ihrer Feder, Vorleben befleck seine Blüte.
Bei Pet und bei Paul, das ist allerhann! Keine andere Drei-
zehn bäckt die Kasse so klingvoller Zehnter. Das wär so recht
die Geschicht für die Kannzel. Und hibernonischer Markt!
All dies und mehr unter krinoliniertem Couvert, so du es
wagst, das Siegel des staatlichen Zufluß zu brechen. Kein
Wunder es lief ihr herab wie von Rattenplag. Werf sie rüver,
die Palmseif, olivvy! Den winzigen Rest vom Wasserlaß. Ich
schlick es zurock, gleich morgefrüh. Zu Landwasser. Und ver-
gieß nicht das sunlight, das ich dir lié! Du hast alle die Strudel
auf deiner Stromseit. Und kann ich dafür, wenn es so ist? Wer
sagt denn, du kahnst davor, wenn es wo ist? Du scheint ge-
reizt, deiner Seit. Meinerseits weide davon. Meine Strömung
treibt mir nur Schnupftabakstütchen vorbei, die jener be-
swipfte Geistliche aus dem Gewand sich schüttelt, der mit der
estherjährigen Marshlandnarcisse, in Verleugnung des Jahr-
markts der Heitelkeit. Schäußliche Fetzen aus seiner Kauder-
welschbibel tu ich da lesen, antiklich gewidert, doch mich
kitzeln die Tietel zum Kichern, Gekritzel da auf der Tüttel-
seit. *Senior ga dito: Faciasi Omo! E omo fu fò.* Ho Ho! *Senior
ga dito: Faciasi Hidamo! Hidamo se ga facessà.* Ha! Ha!
Und *Die Windermere Dichter* und Lefanu (Sheridan's) olles 213
Haus am Kutschhof und Mill (J.) *Über Frauen* mit *Ditto auf
dem Floß*. Ja, dem Altmühlern sein Sumpf und ein Stein sei-
nen Flütschen. Ich weiß, wie rassig sein Rad sie bewägen. Mei-

suda like that piece of pattern chayney there, lying below. Or where is it? Lying beside the sedge I saw it. Hoangho, my sorrow, I've lost it! Aimihi! With that turbary water who could see? So near and yet so far! But O, gihon! I lovat a gabber. I could listen to maure and moravar again. Regn onder river. Flies do your float. Thick is the life for mere.

Well, you know or don't you kennet or haven't I told you every telling has a taling and that's the he and the she of it. Look, look, the dusk is growing! My branches lofty are taking root. And my cold cher's gone ashley. Fieluhr? Filou! What age is at? It saon is late. 'Tis endless now senne eye or erewone last saw Waterhouse's clogh. They took it asunder, I hurd thum sigh. When will they reassemble it? O, my back, my back, my bach! I'd want to got to Aches-les-Pains. Pingpong! There's the Belle for Sexaloitez! And Concepta de Send-us-pray! Pang! Wring out the clothes! Wring in the dew! Godavari, vert the showers! And grant thaya grace! Aman. Will we spread them here now? Ay, we will. Flip! Spread on your bank and I'll spread mine on mine. Flep! It's what I'm doing. Spread! It's churning chill. Der went is rising. I'll lay a few stones on the hostel sheets. A man and his bride embraced between them. Else I'd have sprinkled and folded them only. And I'll tie my butcher's apron here. It's suety yet. The strollers will pass it by. Six shifts, ten kerchiefs, nine to hold to the fire and this for the code, the convent napkins, twelve, one baby's shawl. Good mother Jossiph knows, she said. Whose head? Mutter snores? Deataceas! Wharnow are alle her childer, say? In kingdome gone or power to come or gloria be to them farther? Allalivial, allalluvial! Some here, more no more, more again lost alla stranger. I've heard tell that same brooch of the Shannons was married into a family in Spain. And all the Dunders de Dunnes in Markland's Vineland beyond Brendan's herring pool takes number nine in yangsee's

ne Hände blasen blaukalt zwischen Isker und Soda, wie diese Scherpe Porclan liegt dort drunten. Und wo ist sie jetzt wieder? Sah sie liegen dart, zwischen dem Schilf. Hoangho, o Kuma, sie ist mir entwiskt. Ow vae! Wer kann denn was seen durch diese torfige Sose? So naarn und doch so färn! Aber gut, washita! Ich magg dies Geplover. Mitchell und mera könnte ich hören. Red one under lass! Flieg über fluß. Dicht ist das Liff über Meer.
Na, du weißt ja oder kennetst du's nicht oder hab ich's dir niemals gesaart, alles Geschwatz hat seinen Schwanz, und das ist die Alph und der Ob davon. Schau, schaun, die Nacht ist nah! Mein hohldes Geäst fasert Wurzel. Und mein kaltes Gesäß ist aschfall. Fiel Uhr? Filou! Wie alt ist's an der Zeit? Bald viert es spät. Es ist langemeer seit mein oder nirgendmands Aug das Urwerk vom Waterhouse sah. Man lecht's auseinander, ich hört sein Gereuss. Wann setzt man's wieder zusam? O, mein Kreuz, mein Kreuz, mein Geripps! Ich sollte mal nach Achles-Pains. Pingpong! Das issyt die Glockette zum Sexuhrläutern. Unbeflickter Empfängnisschlag! Böng! Wring aus das Altzeug! Kling ein das Neukleid! Almästiger Gott, verschaon uns vor Schauern! Und gib uns deine Regen! Aman! Breiten wir's hier gleich aus? Ja, tuas! Flip! Breit's auf dein Ufa, und ich breit meins auf meins. Flep! Ich thys ja schon. Spreiz! Es kommt mir gräuslich klamm. Der Went erhebt sich. Ich leg ein paar Steine aufs Herbergsgewäsch. Ein Mann und sein Mädchen, die liebten sich drin. Sonst hätt ich sie nur gespritzt und gepegelt. Den Fleischerschurz verschnür ich hier. Er schwitzt noch Talg. Den lassen die Stromer liegen. An Hemdchen sechs, Halstücher zenn, neun für ans Feuer und dies fürs Enziffer, Klostertüchlein zwölf an der Sal, und ne Kinderwickel. Die Traufpatin Joseph hat's gleich gesehn und gesagt. Wer schweigt schön und schnarcht? Deogrāterwas! Wohino sind allière Kinder, sag? Im ehgemaligen Reich und verkommender Kraft und die Herrlichkeit, du unser Vardar? Hallalebia! Allaliebia! Manche hier, mähr nicht meer, meist aller Fremde verschollen. Wie man hört, hat ein Zweig dieser

214 hats. And one of Biddy's beads went bobbing till she rounded up lost histereve with a marigold and a cobbler's candle in a side strain of a main drain of a manzinahurries off Bachelor's Walk. But all that's left to the last of the Meaghers in the loup of the years prefixed and between is one kneebuckle and two hooks in the front. Do you tell me that now? I do in troth. Orara por Orbe and poor Las Animas! Ussa, Ulla, we're umbas all! Mezha, didn't you hear it a deluge of times, ufer and ufer, respund to spond? You deed, you deed! I need, I need! It's that irrawaddyng I've stoke in my aars. It all but husheth the lethest zswound. Oronoko! What's your trouble? Is that the great Finnleader himself in his joakimono on his statue riding the high horse there forehengist? Father of Otters, it is himself! Yonne there! Isset that? On Fallareen Common? You're thinking of Astley's Amphitheayter where the bobby restrained you making sugarstuck pouts to the ghostwhite horse of the Peppers. Throw the cobwebs from your eyes, woman, and spread your washing proper! It's well I know your sort of slop. Flap! Ireland sober is Ireland stiff. Lord help you, Maria, full of grease, the load is with me! Your prayers. I sonht zo! Madammangut! Were you lifting your elbow, tell us, glazy cheeks, in Conway's Carrigacurra canteen? Was I what, hobbledyhips? Flop! Your rere gait's creakorheuman bitts your butts disagrees. Amn't I up since the damp dawn, marthared mary allacook, with Corrigan's pulse and varicoarse veins, my pramaxle smashed, Alice Jane in decline and my oneeyed mongrel twice run over, soaking and bleaching boiler rags, and sweating cold, a widow like me, for to deck my tennis champion son, the laundryman with the lavandier flannels? You won your limpopo limp fron the husky hussars when Collars and Cuffs was heir to the town and your slur gave the stink to Carlow. Holy Scamander, I sar it again! Near the golden falls. Icis on us! Seints of light!

Shannons sich nach Spanien vermöllt. Und alle die Döser und Yankeedudler sind jenseits in Markland und Weinland über Brendan's Heringsteich, dort wird ihnen Hutnummer acht schon zur Enge. Und eins von Brigittes Perlchen puhlt sich 214
herab, bis man jesternavend sie einholt, mit einer Marygoldblume und eine Flickschusterkerze in einer Seitenlenne von einer Hauptrinne von einer Männerpisuenah grad am Junggeselzweg. Aber alles was bleibt von den Letzten der Meagherianer im Wallen und Schalten der Jahre, präfix und dazwisch, ist ne Kniespang und zwei Haken davorn. Und das sagst du mir jetzt? Das tu ich bei Laibe. O biet für die Welt und um arme verloirene Saalen! Usa, Ulla, wir sind all unda Umba! Mej Gott, hast du's nicht sintflutenweis schon gehört, von hüber und drüver, von Spont zu Pilast? Gewiß, gewäß! – Vermiß, vermeß! Ich hab mir solch Watt in die Ohre gestobert, es stillt beinah den lethesten Lot. Acheloos! Was ist den gesehn? Ist das der große Finnführer selbst, auf dem Strandbild dort, gerüstet in seinem Joakimono, hoch zu Hengist? Ottriger Vater, er ist's! Dore drüben! Iserdas? Auf der Roßweithe? Du meinst, du bist in Astley's Amphitheater, wo der Bobby dir verboot, dem geistweißen Rössl der Peppers ein Zuckerschnäuzchen zu strecken. Wisch dir die Spinnweb vom Auge, Weib, und spreit deine Wäsche gefälligst. Ich kenn deine Art von Schlampen. Flap! Irland nüchtern ist Irland steif. Der Herr hilf dir, Maria, du fladenreiche, Gott setzt mir zu. Lasset uns bottichen! Hab ich es mir doch gedarrt! Guteveuveclicquotte! Hast ein Glänchen gehoben, Frau Saufaus, dorthintern in Conway's Schluckhaus! Hab ich was, du Watschelgünz? Flop! Dein Krückwärtsgang ist kraekorheumantisch, nur der Steiß stimmt nicht zu. Bin ich nicht auf dem Bein seit Nebel im Morgendurst, zermarthyr, marie alla cock, mit Bang'scher Krankheit und krampfharten Adern, meine Karre zum Deixel, Alice Jane im Vergehn, und mein halbblinder Köter zweimal überfahren, und da weiche und bleiche ich Schmierfetzlappen und schweiße es kalt, eine Witwe wie ich, um meinen Sohn, den Tennysonmeister, zu staffieren, diesen

Zezere! Subdue your noise, you hamble creature! What is it but a blackburry growth or the dwyergray ass them four old codgers owns. Are you meanam Tarpey and Lyons and Gregory? I meyne now, thank all, the four of them, and the roar of them, that draves that stray in the mist and old Johnny MacDougal along with them. Is that the Poolbeg flasher beyant, pharphar, or a fireboat coasting nyar the Kishtna or a glow I behold within a hedge or my Garry come back from the Indes? Wait till the honeying of the lune, love! Die eve, little eve, die! We see that wonder in your eye. We'll meet again, we'll part once more. The spot I'll seek if the hour you'll find. My chart shines high where the blue milk's upset. Forgivemequick, I'm going! Bubye! And you, pluck your watch, forgetmenot. Your evenlode. So save to jurna's end! My sights are swimming thicker on me by the shadows to this place. I sow home slowly now by own way, moyvalley way. Towy I too, rathmine.

Ah, but she was the queer old skeowsha anyhow, Anna Livia, trinkettoes! And sure he was the quare old buntz too, Dear Dirty Dumpling, foostherfather of fingalls and dotthergills. Gammer and gaffer we're all their gangsters. Hadn't he seven dams to wive him? And every dam had her seven crutches. And every crutch had its seven hues. And each hue had a differing cry. Sudds for me and supper for you and the doctor's bill for Joe John. Befor! Bifur! He married his markets, cheap by foul, I know, like any Etrurian Catholic Heathen, in their pinky limony creamy birnies and their turkiss indienne mauves. But at milkidmass who was the spouse? Then all that was was fair. Tys Elvenland! Teems of times and happy returns. The seim anew. Ordovico or viricordo. Anna was, Livia is, Plurabelle's to be. Northmen's thing made south-

Waschausträger in Flanell gelavendelt? Dein Hinken am
Hinterrhein hast du vom Stramm der Husaren, als die Stadt
wüst in Clarenzzeit stand, und dein Verrott bis nach Carlow
bestank. Heiliger Styx, da iser schon wieder! Beim Goldge-
fälle. Mich überläuft's, isiskalt! Hilligenlci! Sida! Halt deine
Gosse, verstümpertes Wrack! Nichts andres als Brombierge-
bücht oder der ſahlgraue Maulisel, den die vier Greizhälse
halten. Redst du von Tarpey und Lyons und Gregory? Ich
meine hier, und gelobt sei's All, die ganzen vier und ihr Ge-
wieher, das ihr Langohr durchniebelt, und den alten Johnnie
Macdougal abendrein. Ist das der Poolbegleuchter dort in der 215
Fährne wie Pharus oder das Feuerboot Kish oder ein Glüh-
schein aus der Haidnaab gesichtet oder mein Garry, vom In-
dus zurück? Wart auf die Honigezeiten des Mondes, Amur!
Ade, nie wieder, Eva, kleine Eva, ave! Schon sehn wir Jenseits
in deinem Aug. Wir treffen uns wieder, trennen uns dann. Ich
suche den Ort, laß dir die Stund. Meine Leuchtbahn zieht
droben, wo Milch blau übersäht. Vergibmirflink, ich scheide!
Lebwaal! Und du, pflück dir die Uhr, vergißmeinnicht. Dein
Nachtleitstern. Gesickert bis zum Ende der Fährt. Die Ge-
sichte verschwimmen mir dichter macht die Schatten hier und
her. Geh langsam heim, ich den eigenen Weg, zu flußweg. Ich
lauff auch, geh den mainen.

Ach, war doch eine silsame alte Huttzel, wie auch immer,
Anna Livia, Flitterzehe. Gewiß war auch er ein verquerer
Strunz, der darling, der dreckige Dübling, Pflagephatron fin-
gals fremdartiger Töchtersöhn. Gevatter und Gemut, wir sind
all ihr Gevolk. Hatt er nicht sieben Dammen zum Gatten?
Und jede hatt ihre sieben Krücken. Und jede Kirk hatt ihr
Siebengestöhn. Und jedes Gestöhn hatt andere Thön. Sutt für
mich und Suppe für dich und die Rechnung vom Arzt für
Hans Dampf. Vorher! Woheer! Vermählt seine Märkde,
prißwert unbekömmlich, das weiß ich, wie irgendein Etrurisch
Catholischer Heide, in ihrem rösa limonig lichtgeelen Birn-
grün und den türkiss indigold Violetzten. Doch am heiligen
Milchallstag, wer war da die Braut? Da galt alles was war als

folk's place but howmulty plurators made eachone in person? Latin me that, my trinity scholard, out of eure sanscreed into oure eryan! *Hircus Civis Eblanensis!* He had buckgoat paps on him, soft ones for orphans. Ho, Lord! Twins of his bosom. Lord save us! And ho! Hey? What all men. Hot? His tittering daughters of. Whawk?

Can't hear with the waters of. The chittering waters of. Flittering bats, fieldmice bawk talk. Ho! Are you not gone ahome? What Thom Malone? Can't hear with bawk of bats, all thim liffeying waters of. Ho, talk save us! My foos won't moos. I feel als old as yonder elm. A tale told of Shaun oder Shem? All Livia's daughtersons. Dark hawks hear us. Night!

216 Night! My ho head halls. I feel as heavy as yonder stone. Tell me of John or Shaun? Who were Shem and Shaun the living sons or daughters of? Night now! Tell me, tell me, tell me, elm! Night night! Telmetale of stem or stone. Beside the rivering waters of, hitherandthithering waters of. Night!

wahr. Svar Elvenland. Zeiten im Überfluß und glücklich wie-
derkehr. Dasselbe nochmal. Ordovico oder Viricordo. Anna
war, Livia ist, Plurabelle wird sein. Nordmannes Thing wich
der Suffvolk Straß: aber wievielfälle plizieren den Platz in
personas? Latinier mir das mal, du Dreifallt-Scholar, aus
eurem Sanskrypt in unser Airisch! *Hircus Civis Eblanensis!*
Hatte Ziegenbockzitzen, weiche für Waisen. Ho Herr! Zwil-
lingsbrüder seiner Brust. Herr, steh uns bei! Und wie! Wass?
Allmann bei wo. Heißt? Seine klitzelnden Töchter von.
Haßt?
Hör nicht vor Wassern von. Die schliddernen Wasser von.
Fliddermäus fledern, Feldratz rascht rausch. Hee! Bist du
nicht heimgangen? Wen einfangen? Hör nicht vor Ratten-
rascheln, all am Liffeylauf Wasser von. Her, red steh uns bei!
Mein Gebein gräbt sich ein. Ich fahl mich alt wie drüb die
Ulme. Eine alte Mär von Shem und Shaun? All Livias Töch-
tersöhn? Dunkle Falken lauschen uns. Nacht! Nacht! Mein
Haupt hallt fall. Ich fühl mich schwer wie jenseits Stein. Zähl 216
mir von Sem und Ham! Wer warn sie, Shem und Shaun, die
lebten als Söhne von Töchter von? Nacht nun! Zähl mir, zähl
mir, zähl mir, Elm! Nacht Nacht! Zähl mir Schicht von
Stein und Stamm. Bei den flissernden Wassern von, den hin-
undherwissernden Wassern von. Nacht!

196 O

tell me all about

Anna Livia! I want to hear all

about Anna Livia. Well, you know Anna Livia? Yes, of course, we all know Anna Livia. Tell me all. Tell me now. You'll die when you hear. Well, you know, when the old cheb went futt and did what you know. Yes, I know, go on. Wash quit and don't be dabbling. Tuck up your sleeves and loosen your talk-tapes, And don't butt me – hike! – when you bend. Or whatever it was they threed to make out he thried to two in the Fiendish park. He's an awful old reppe. Look at the shirt of him! Look at the dirt of it! He has all my water black on me. And it steeping and stuping since this time last wik. How many goes is it I wonder I washed it? I know by heart the places he likes to saale, duddurty devil! Scorching my hand and starving my famine to make his private linen public. Wallop it well with your battle and clean it. My wrists are wrusty rubbing the mouldaw stains. And the dneepers of wet and the gangres of sin in it! What was it he did a tail at all on Animal Sendai? And how long was he under loch and neagh? It was put in the newses what he did, nicies and priers, the King fierceas Humphrey, with illysus distilling, exploits and all. But toms will till. I know he well. Temp untamed will hist for no man. As you spring so shall you neap. O, the roughty old rappe!

197 Minxing marrage and making loof. Reeve Gootch was right and Reeve Drughad was sinistrous! And the cut of him! And

Übertragen von Hans Wollschläger

O 196
erzähl mir alles von
Anna Livia! Ich will alles hören
von Anna Livia. Ach, du kennst Anna Livia? Ja doch, klar,
wir alle kennen Anna Livia. Erzähl mir alles. Erzähl's mir
jetzt. Dich trifft der Schlag, wenn du's hörst. Also, du weißt
doch, wie der alte Sack futtsch ging und tat, was du weißt. Ja,
ich weiß, mach weiter. Wasch nur flott und laß das Gedabble.
Stock auf die Ärmel und lockre die Stimmstrippen. Und bocks
mich nicht – aua! – wenn du dich bückst. Also was denn auch
ilmer sie ausdrifteln wollten, daß er's bezwockt hätt im Fau-
nix-Park, – er ist ein greißlicher alter Wüstling. Guck dir den
Fleck da an! Guck nur den Dreck daran! Hat schon das ganze
Wasser bei mir versaut. Und dabei weich ich's und bleich ich's
seit uiber der Wik. Möchte wohl wischen, wie oft ich's gewas-
sen hab schon! Ahrswendig kenn ich die Stelln, die er gerne
besabbt, der dreckeckige Debbel! Da läßt man den Magen sich
knarrn und zerwetzt sich die Hände, bloß um seine untersten
Hosen an die Öffentlichkeit zu wringen! Drisch feste drom
mit dem Schloughzeug und schrobbe's. Meine Fringer sind
frostig vom Raabbeln der Moltauflecken. Und die Dnjester
von Ness' und der Sund der Sünd darin! Was war's, das er
tarnt', der Schwäntzer, am Animal-Sunndaig? Und wie lang
saß er hinter Schloch und Neaghel? Brachten die Zeitunken
doch, was er gemacht hat, noch nie so priustend, Niedlichtchen
und Schnuffler, der King wearsus Humphrey, mit illyssischer
Dystillation, ein Außenbeauter mit allem dran. Doch Zwie-
ling wird's zwietschern. Ich weiß, er wirt's. Denn was zähm-
mal verseimt, ist so schnell nicht geleimt. Und was der Mensch
hupfet, das soll er auch springen. Oh, dieser zootige olle Not-
zürchter! Verminxt sich die l'Ehen mit fairer l'Amur! Vogt 197
Gootch war im Rechts und Vogt Drughad Sinister. Und dann

the strut of him! How he used to hold his head as high as a howeth, the famous eld duke alien, with a hump of grandeur on him like a walking wiesel rat. And his derry's own drawl and his corksown blather and his doubling stutter and his gullaway swank. Ask Lictor Hackett or Lector Reade of Garda Growley or the Boy with the Billyclub. How elster is he a called at all? Qu'appelle? Huges Caput Earlyfouler. Or where was he born or how was he found? Urgothland, Tvistown on the Kattekat? New Hunshire, Concord on the Merrimake? Who blocksmitt her saft anvil or yelled lep to her pail? Was her banns never loosened in Adam and Eve's or were him and her but captain spliced? For mine ether duck I thee drake. And by my wildgaze I thee gander. Flowey and Mount on the brink of time makes wishes and fears for a happy isthmass. She can show all her lines, with love, license to play. And if they don't remarry that hook and eye may! O, passmore that and oxus another! Don Dom Dombdomb and his wee follyo! Was his help inshored in the Stork and Pelican against bungelars, flu and third risk parties? I heard he dug good tin with his doll, delvan first and duvlin after, when he raped her home, Sabrine asthore, in a parakeet's cage, by dredgerous lands and devious delts, playing catched and mythed with the gleam of her shadda, (if a flic had been there to pop up and pepper him!) past auld min's manse and Maisons Allfou and the rest of incurables and the last of immurables, the quaggy waag for stumbling. Who sold you that jackalantern's tale? Pemmican's pasty pie! Not a grasshoop to ring her, not an antsgrain of ore. In a gabbard he barqued it, the boat of life, from the harbourless Ivernikan Okean, till he spied the loom of his landfall and he loosed two croakers from under his tilt, the gran Phenician rover. By the smell of her kelp they made the pigeonhouse. Like fun they did! But where was Himself, the timoneer? That marchantman he suivied their scutties right over the wash, his cameleer's burnous breezing up on him, till with his runagate bowmpriss he roade and borst her bar. Pilcomayo! Suchcaughtawan! And

dies Getändsel! Dies Pfauengeschwändsel! Immer kopfhoch, ja himmelhowthhöchst, der femmeuse olle Don Kallion, den Ast mit eitel Grandezza behümpelt wie je nur ein kriechherrisch Wieselried. Und sein derryg Gestammel und corkig Gequatsch und sein Tumblingsgestotter und Gallwehsgelatsch! Frag Liktor Hackett, frag Lektor Reade mal nach Garda Crowley oder dem Boy mit dem Billyclub. Wie sommest benamst man ihn überhaupt? Qu'appelle? Huges Cappes Eiligvögler. Und wo ward geborn er und wie wurd er funden? Z' Urgottland, Zwiestatt am Kittekat? Neu-Hunnshire, Congort am Merrimach? Wer behämmerte samft ihr den Amboß, ihren milchleer geeimerten Schoß? Bot man denn nimmer sie auf in Adam und Eve's oder zweißte sie einzig der Capudän? Als mein ätherlicht Entlein enter-ich dich. Als meine Wildgans dich zu begantern. Flowey und Mount am Strande der Zeit wünscheln und scheun eine fräuliche Christhmess'. Sie hat was zu bieten als Leibhaberin, nur immer herein! Und wenn sie nicht heiraten wieder, spring ich vielleicht ein'n! Ah, d'avon meer noch, flußtre mir andres! Don Dom Dombdomb und sein ouindsickes Follyo! War seine Hilfte verschichert bei der Storch und Pilikan gegen Einbrächer, Gripper und Riesikokos? Ist ganz schön pfündig geworden, hört' ich, mit seinem Püppchen, der Durtelfürst mit seiner Däublingsmasche, als heimlings sie raupt' er, Sabrine an der Küßte, im Sittigskäfig, wohl über sülzig Land und trügerisch dehnige Delten, Katch und Mamaus myth ihr spielend, dem Schein ihres Schattens (wär' ein Schupopo da, ihm eins zu verpassen!), vorübervorbei am Altminnerheim und an den Maisons Allfou, an dem fettsten Unheilbarn und letzten Unteilbarn, so recht ein Wehwehglein zum Stoplerdihalp. Welch irrlichtelürischer Schwatz, wer hat ihn dir weiß gemacht? Pemmikans Papppastete! Nicht ein Grashüpperreif, sie zu ringen, und nicht a Maisenkorn Gold. Ungabbardig barkt' er's, das Boot des Lebens, vom hafenlosen ivernikahnischen Okeahn, bis dem Spähenden sachtige Landsichtung ward und zween Krächzer er ausließ vonunter dem Latz, der grauße ſaunizische Reiber. Im-

198 the whale's away with the grayling! Tune your pipes and fall ahumming, you born ijypt, and you're nothing short of one! Well, ptellomey soon and curb your escumo. When they saw him shoot swift up her sheba sheath, like any gay lord salomon, her bulls they were ruhring, surfed with spree. Boyarka buah! Boyana bueh! He erned his lille Bunbath hard, our staly bred, the trader. He did. Look at here. In this wet of his prow. Don't you know he was kaldt a bairn of the brine, Wasserbourne the waterbaby? Havemmarea, so he was! H. C. E. has a codfisck ee. Shyr she's nearly as badher as him herself. Who? Anna Livia? Ay, Anna Livia. Do you know she was calling bakvandets sals from all around, nyumba noo, chamba choo, to go in till him, her erring cheef, and tickle the pontiff aisyoisy? She was? Gota pot! Yssel that the limmat? As El Negro winced when he wonced in La Plate. O, tell me all I want to hear, how loft she was lift a laddery dextro! A coneywink after the bunting fell. Letting on she didn't care, sina feza, me absantee, him man in passession, the proxenete! Proxenete and phwhat is phthat? Emme for your reussischer Honddu jarkon! Tell us in franca langua. And call a spate a spate. Did they never sharee you ebro at skol, you antiabecedarian? It's just the same as if I was to go par examplum now in conservancy's cause out of telekinesis and proxenete you. For coxyt sake and is that what she is? Botlettle I thought she'd act that loa. Didn't you spot her in her windaug, wubbling up on a osiery chair, with a meusic before her all cunniform letters, pretending to ribble a reedy derg on a fiddle she bogans without a band on? Sure she can't fiddan a dee, with bow or abandon! Sure, she can't! Tista suck. Well, I never now heard the like of that! Tell me moher. Tell me moatst. Well, old

mer dem Ruch ihres Kelpchens nach, so erriechten sie beide das Pidginhaus. Ja, so siehst du aus! Aber wo blieb Er selbst, der Temonarr? Der Händelsmann, er swieft' ihren Schweiflein husch über die Gischt, den Kameliersburnus hochauf gebauscht, bis sein Rinngattenspriet in ihr Lendchen gesenkt und die Sandbank gesprengt war. Pilcomayo! Saskatchewan! So fängt man's an. Und schon ist das Sächlein unter Dach und 198
Fächlein! Stemm ein deine Pfeife und dudel eins drein, du geborner Igittigipter, denn schwerlich doch bist du ein andres! Wohlon denn, ptelle mär's mit und zäume 's Escumo. Da sie ihn sahn seinen Schuß tun hinan in ihre Sabascheide, wie je nur ein flotter Herr Salomon, da ruhrten ihre Bullen, von Schaum umspreetzt. Boyarka buah! Boyana bueh! Er verdienerte's schwer, sein Lillyfuttchen, unser allkläglich Brot, der Koofmichel. Kurhafftig! Guck nehr! Deraaret im Scheiß seines Wannseegischts! Weißdu denn gaarenit, wie man ihn heißt? Söhnchen der Saalzflut, Hochwellgeborn Wasserbébé? Havelmarea, so wahr er warrlich! H. C. E. hat ein Scheelfisckgeseeh. Bestemmt aber ist sie banauso schlemm wie er selbst. Ach, Anna Livia? Jach, Anna Livia! Weißdu daß sie ihm Backwassernickslein herbeirief von überallher, nyumba noo, chamba choo, daß sie ein zu ihm gingen, ihres Ehringels Häubling und Chef-Chelif, ihm seinen nöckischen Pontificks zu kickseln? Hat sie dat sächlich? Donau und Doria! Das ist doch aber die Limmat! Wie El Negro schnarrt', als er starrt' in La Plate. Erzähl mir alz, was ich hören will, oh, wie liebelicht hoch sie geliftet ward von dem Steigerlein klein! Einen Flugsblick nachdem die Flagge gestrichen. Angeblich war's ihr ja eh'gail, der Proxenetin, sina fesa, me absinthe, er aber Hahn in der Kerb'! Proxenetin, phwas isel phdas? Gemmer mit deinem Hunddu-Caudawellsch! Erzähl's uns in franca langua. Und nenn die Nummer beim Namen. Hat man dir nie denn Ebroisch beigebracht auf der Skole, du Antiabecedarierin? Ist just dasselbe, wie wenn ich dich rasch mal par examplum in Sachen Konservanz per Telekinese proxenetisieren ginge, du! Um Kotz wellen, so eine ist sie? Im Traum nicht

Humber was as glommen as grampus, with the tares at his thor and the buboes for ages and neither bowman nor shot abroad and bales allbrant on the crests of rockies and nera lamp in kitchen or church and giant's holes in Grafton's causeway and deathcap mushrooms round Funglus grave and the great tribune's barrow all darnels occumule, sittang sambre on his sett, drammen and drommen, usking queasy quizzers of his ruful continence, his childlinen scarf to encourage his ob-

199 sequies where he'd check their debths in that mormon's thames, be questing and handsetl, hop, step and a deepend, with his berths in their toiling moil, his swallower open from swolf to fore and the snipes of the gutter pecking his crocs, hungerstriking all alone and holding doomsdag over hunselv, dreeing his weird, with his dander up, and his fringe combed over his eygs and droming on loft till the sight of the sternes, after zwarthy kowse and weedy broeks and the tits of buddy and the loits of pest and to peer was Parish worth thette mess. You'd think all was dodo bellonging to him how je durmed adranse in durance vaal. He had been belching for severn years. And there she was, Anna Livia, she darent catch a winkle of sleep, purling around like a chit of a child, Wendawanda, a fingerthick, in a Lapsummer skirt and damazon cheeks, for to ishim bonzour to her dear dubber Dan. With

hätt ich gedacht, daß sie sich doiret vorbeibenimmt! Sahst du
sie denn in ihrm Bullnauge nicht, mit windigen Meuseeiglein
wabbelnd im Weidestuhl, vor sich ein Heft Musik, drin jug-
liches Schriffchen ein cunniformer Keil, und mit einer Miene,
als kratzte sie einem jedes beliebige Requiem man immer so
flott vom Blatt auf ihrer Fiedel, wo doch ihr Bogan nackt ist
wie ein Stock, kein Haarc mehr dran?! Nee, keinen Gicks
kann sie giggeln, ob bognackt oder nicht! Gans klar, sie kam-
nitz, 's ist alles bloß Schmu! Na soswa, das hätt ich doch nie
und nimmer gedacht! Erzähl mit meheer noch! Erzähl mir am
mainsten! Nu schön, der alte Humber war ein ausgemackter
Sauertropf, mit dem Unkraut rundum sein Gekrös' und den
Uraltersbeulen, und weder Schütze noch Schuß da drauß, und
Freudenfeuer allbrand auf den Gipfeln des Gebergs, und kei-
nerlei Lämpchen in Küch oder Kirch, und Riesenlöcher in
Grafton's Damm, und giftbächerweis' Pilze allrund um Funglus
Gruft, und des Hünentribunen Begrabnis von Rauschlolch
okkumuliert, also hockt' er sambresig düster auf seinem Be-
setzt, besaftet und besoffen, und stellt' uns quasslige Quizfra-
gen, der Herr von der Traurigen Gestalt, den Halz in windel-
weiche Tüchlein gehüllt, seine Obsequien zu befördern, in
schöner Gewohntheit, allmormontlich die Theimse nach Teau- 199
desfällen zu durchmustern, man immer bloß erb-lassend und
behandfestend, haste nicht gesehn, insgleichen die taygliche
Möll nach frisch gebornen Anlegern, seine Schluckluke offen
dabei von Schlippe zu Lund und die Schnepfen der Gosse nip-
pelnd an seinen Krocks, so saß er daselbest, ein gottverlassner
Hungerstreiker, und hielt Gerichtsdag über sein ureigen Ichts,
in sein Schicksel gefügt, doch mit wallender Galle, und die
Tolle gar keck über die Eiglein gekämmt, und döst' himmelan,
wohl zu den Sternen klar, und hielt Ausschau nach schwartz-
gen Kuhsinen und wiesigem Bachgeriesel und den Titten Bud-
das und den Lichtern von Pest, und kiekte in sich, ob Pfarris
wohl diese Metze wert wär. Glatt hätt man gedacht, es wär
alles schon abgestorben bei ihm, seine gänsliche Misch-Pokerei,
wie er drahnig so dräumte, der Tran's Waal. Severn Jahr

neuphraties and sault from his maggias. And an odd time she'd cook him up blooms of fisk and lay to his heartsfoot her meddery eygs, yayis, and staynish beacons on toasc and a cupenhave so weeshywashy of Greenland's tay or a dzoupgan of Kaffue mokau an sable or Sikiang sukry or his ale of ferns in trueart pewter and a shinkobread (hamjambo, bana?) for to plaise that man hog stay his stomicker till her pyrraknees shrunk to nutmeg graters while her togglejoints shuck with goyt and as rash as she'd russ with her peakload of vivers up on her sieve (metauwero rage it swalcs and rieses) my hardey Hek he'd kast them frome him, with a stour of scorn, as much as to say you sow and you sozh, and if he didn't peg the platteau on her tawe, believe you me, she was safe enough. And then she'd esk to vistule a hymn, *The Heart Bowed Down* or *The Rakes of Mallow* or Chelli Michele's *La Calumnia è un Vermicelli* or a balfy bit ov *old Jo Robidson.* Sucho fuffing a fifeing 'twould cut you in two! She'd bate the hen that crowed on the turrace of Babbel. What harm if she knew how to cockle her mouth! And not a mag out of Hum no more than out of the mangle weight. Is that a faith? That's the fact. Then riding the ricka and roya romanche, Annona, gebroren aroostokrat Nivia, dochter of Sense and Art, with Sparks' pirryphlickathims funkling her fan, anner frostivying tres-

schon rillpst' er so rum. Und da war sie, die Anna Livia, kein Fitzchen Schlalaaf mehr wak't sie sich zu fann'gen, sausselig wie ein Kinderkack, Wendawanda, die Däumelackin, Lappsommers berockend Schößchen, mit ihren dammastbackigen Mammazonen, bloß um ihrem deuren Drommler Dan Bonns Schur zu entbeaten. Neuphratetisch versaulzt von seinen Maggias. Und zu donn- und wonniger Zeit, da kockt' sie ihm wohl die küstlichsten Fische und legt' ihm zu Herzfüßen nieder ihr krapplicht Eiageäug, yayih, und den markig bekleckerten Schinkel auf Toast, joyah, und einen Koben Hafer Schleim, so wischiwaschig von Grünlands Tee, oder auch ein Züppgen Mockauer Keffkaffez, und einen Zabfen Sikiang-Sucker, oder sein Farnenbier im so artigen Pewter, und ein Schinkobrot (hamjambo, bana?), und das alles um dem Schweinskerl zu pläsieren, daß ihm bloß sein stomickriger Stag oben blieb, bis von den Pyrrhaknien ihr nur noch schrumpflige Raiffeisen übrig warn, Mushkatnüttchen damit zu raspeln, indessen die Gicht ihr goyimmerlich gar die Gelenke zwickte, und so rasch wie sie ruffrutschern konnte mit ihrem Spitzenprogramm von Ficktualien auf ihrem Sieve (und wie ihn metaurohe Wut schon schwellt und verriesigt!), hatt sie mein härtziger Hek schon wickgewegst mit staurer Verachtung, als wollt er du Sau zu ihr sagen, du Sozhe auch, und pflockt' er ihr nicht das Tappleau in Grunz und Bode, dann, glaub mir, konnt sie von Gluck seggen. Und dann wollt sie 'ne Hymene gefiffen kriegen, das Wistelstimmchen, *The Heart Bowed Down* oder *The Rakes of Mallow* oder Chelli Micheles *La Calumnia è un Vermicelli* oder 'n Schlawitzchen von *Old Jo Robidson.* Such ona mir ein schlimmer Gefuff und Gefife, ich sag dir, es riss' dich inzwo! Noch die Henn, die auf dem Babbel-Turm krehte, schlüg sie um Lüngen. Was Jammer, wüßt sie ihr Mäulchen zu gokkeln! Und nicht ein magerer Fieps war aus ihm rauszuholen, dem alten Hum, und hätt sie ihn durch die Mangel gedreit. Ist das auch warr? Ist Tatzsache, klar. Dann riett aromanzisch sie los auf Ricka und Roya, Annona, gegorene Nivia, Arußtokratin, Tuckter des Feins-

200 ses dasht with virevlies, – while the prom beauties sreeked nith their bearers' skins! – in a period gown of changeable jade that would robe the wood of two cardinals' chairs and crush poor Cullen and smother MacCabe. O blazerskate! Theirs porpor patches! And brahming to him down the feedchute, with her femtyfyx kinds of fondling endings, the poother rambling off her nose: *Vuggybarney, Wickerymandy! Hello, ducky, please don't die!* Do you know what she started cheeping after, with a choicey voicey like waterglucks or Madame Delba to Romeoreszk? You'll never guess. Tell me. Tell me. *Phoebe, dearest, tell, O tell me* and *I loved you better nor you knew.* And letting on hoon var daft about the warbly sangs from over holmen: *High hellskirt saw ladies hensmoker lilyhung pigger:* and soay and soan and so firth and so forth in a tone sonora and Oom Bothar below like Bheri-Bheri in his sandy cloak, so umvolosy, as deaf as a yawn, the stult! Go away! Poor deef old deary! Yare only teasing! Anna Liv? As chalk is my judge! And didn't she up in sorgues and go and trot doon and stand in her douro, puffing her old dudheen, and every shirvant siligirl or wensum farmerette walking the pilend roads, Sawy, Fundally, Daery, or Maery, Milucre, Awny or Graw, usedn't she make her a simp or sign to slip inside by the sullyport? You don't say, the sillypost? Bedouix but I do! Calling them in, one by one (To Blockbeddum here! Here the Shoebenacaddie!) and legging a jig or so on the sihl to show them how to shake their benders and the dainty how to bring to mind the gladdest garments out of sight and all the way of a maid with a man and making a sort of a cackling noise like two and a penny or half a crown and holding up a silliver shiner. Lordy, lordy, did she so? Well, of all the ones ever I heard! Throwing all the neiss little whores in the world at him! To inny captured wench you wish of no matter what sex of pleissful ways two adda tammar a lizzy a lossie to hug and hab haven in Humpy's apron!

hinnz und der Kunnzt, Spark's Pürreeflackertihms funklend auf ihrem Fecher, undire zückergüßlichen Flechten mit Pfäuervliesgen bespückt, – indessen die Ballbotees titterten unter 200
ihren Bärenphällen! – im ach so modischen Clyde von chancierender Jade, mit dem man das Holz von gut zwo Karadinalssetzeln beroben könnte, glatt umhauen würde's den armen Cullen und zerschmottern MacCabe. O du brilllaffiger Quetschkopp du! Das sind da doch porpoorne Pflecken! Und wie sie ihm dann den Futterschacht eulte, die Brahmarbase, mit ihren sexunziemsich Sorten Zehrtlichkeit, während der Poder ihr von der Nasse näste: *Votziputzi, Fickerimännli! Ei du mein Effchen, schlapp mir nich aff!* Und weißt du, was sie dann anfink zu fiepsen, auf dscheußliche Weus' gleichwie Wassergeglux oder Madame Delba zu Romeoreszk? Nie wirrst du's errarten. Erziller! Erzahl'! *Phoebe, Liepste, sagosag* und *Ich leibte dich mehr als du wießt, mein Kinnt.* Und dabei die Huhnvarschämtheit, auch noch so zu tun, als wär sie rein narrisch ob all der trillrigen Lüderchen von über den Hol'men: *Ick Höllskerl sah Ladies hinschmuggeln lille junge Tiger:* und so weiter und so naher und so firth und so forth, und alles sonora im Ton, und Oom Bothar drunten derweil wie Bheri-Bheri in seinem rotblonden Schondachsmantel, so umvolos gänzlich, stocktaub wie ein Gähnen, der Stult! Ach geh mir! Der arm' olle Däubling! Du ziehst mich bloß auf! Mit Anna Liv? 's Kreids ist mein Zeige! Und ging sie in Sorguen nicht auf und ab nachs Gassel und stand in der Douro und verpaffte sich eins mit ihrem Stummelfeifchen, und jeetz'weds bescheuerte Dienstmätzchen, jede nur irrndwie hippsche Landabbeterin, die auf den Pinselstraßen daher kam, Sawy, Fundally, Daery oder auch Maery, Milucre, Awny oder Graw, pflok sie nicht denen allen Zichnale und Zeuchen zu machen, man immer nur 'neinzuschlüpfern, die Suhlport herein? Was sagst du, die Sihlpost? Das kann doch nicht sein! Bett oui ix segge, so stemmt's! Riff sie herein, eins um das andre (Zum Blocksbedden hier! Hier die Shocbenacaddie!) und leggte 'ne Gigue oder so auf den Sill, um zu seigern, wir drallich die

And what was the wyerye rima she made! Odet! Odet! Tell me the trent of it while I'm lathering hail out of Denis Florence MacCarthy's combies. Rise it, flut ye, pian piena! I'm dying down off my iodine feet until I lerryn Anna Livia's

201 cushingloo, that was writ by one and rede by two and trouved by a poule in the parco! I can see that, I see you are. How does it tummel? Listen now. Are you listening? Yes, yes! Idneed I am! Tarn your ore ouse! Essonne inne!

By earth and the cloudy but I badly want a brandnew bankside, bedamp and I do, and a plumper at that!

For the putty affair I have is wore out, so it is, sitting, yaping and waiting for my old Dane hodder dodderer, my life in death companion, my frugal key of our larder, my muchaltered camel's hump, my jointspoiler, my maymoon's honey, my fool to the last Decemberer, to wake himself out of his winter's doze and bore me down like he used to.

Is there irwell a lord of the manor or a knight of the shire at strike, I wonder, that'd dip me a dace or two in cash for washing and darning his worshipful socks for him now we're run out of horsebrose and milk?

Only for my short Brittas bed made's as snug as it smells it's out I'd lep and off with me to the slobs della Tolka or the

Schenkli man schwänkert, oder's schleckerste Bißchen von gleitrigstem Kleid, wie recht burschikosig man's bringt an die Leit', und die ganze Weis' zwischen Mann und Meid, und bei all dem gackelt' und klickert' sie lüstich vor sich hin, gans wie zwo und 'n Phenneg und halb 'ne Kröhn, und hielt noch 'nen Sihlberfucks hoch dazu. Gattchen mein Gattchen, das hat sie getan? Alster von allem, was jimmerich öhrte! Gleich alle neißlichen Hürlein der Wellt ihm vorzuweifen! Und jeglichs erwischte Schicksel, ob jiddsch oder jeck, egal wie pleißwert ihre Shexenkünste, kriegt' zwo adda'n Saaler pro Mitzie pro Metzie, daß um sie ihn ahmt und himmlisch sich wahmt in Humprahams Schorz!

Und watt erst für schwirrige Schwippslein sie riemte! Odett! Odett! Erzeil mir's so fort, während ich Denis Florence MacCarthy die Hölldendaten aus ihren Höschen klupfe. Heraus damit, spock's aus, pian piena! Meinen joddigen Fießen sterb ich noch ab, bis ich Anna Livias Kuschellied erlerryne, 201
das da eines schrieb und zweie lasen und das trouvet eine Puhle im Parco! Ick see dat, it saar dick. Wie lustert's dich senn? Fritz nur die Oren. Lausch du ausch? Ja, ja! Das tu'ch an der Tid! Dann hoch die Hörzen! Es sonne Inn!

Bei der Erd' und dem Wolkjen, ich brauch' nen nahelneuen Buckel, verklammtnochmal, und 'nen derbern dazu!

Denn das unseldje Dink, was ich hab, isselt nabgenuttzt wie nur was, so lange schon sitz ich und glutz ich und wart auf mein' alten dan'schen Sabbelbrabberer, meinen Lehms- und Stermskumpan, meinen knickrigen Schlüssel zu unsrer Speisekammer, meinen sehrverenderten Kamelshöcker, meinen Gelenkeverderber, meinen Maimonds-Schatz, mein Närrchen bis zum letzten Dezembrer, daß endlich er aufwackt aus seinem Wintergedös' und nimmt mich unter die Fucktel, wie's immer er pflock.

Gibt es nicht irrndeinen Gutsherrn oder gutbeikasselten Landrittersmann, so frag ich mich, der einen Zweier springen ließe für mich, daß ich ihm seine verehrungswürdigen Socken

plage au Clontarf to feale the gay aire of my salt troublin bay and the race of the saywint up me ambushure.
Onon! Onon! tell me more. Tell me every tiny teign. I want to know every single ingul. Down to what made the potters fly into jagsthole. And why were the vesles vet. That homa fevers's winning me wome. If a mahun of the horse but hard me! We'd be bundukiboi meet askarigal. Well, now comes the hazelhatchery part. After Clondalkin the Kings's Inns. We'll soon be there with the freshet. How many aleveens had she in tool? I can't rightly rede you that. Close only knows. Some say she had three figures to fill and confined herself to a hundred eleven, wan bywan bywan, making meanacuminamoyas. Olaph lamm et, all that pack? We won't have room in the kirkeyaard. She can't remember half of the cradlenames she smacked on them by the grace of her boxing bishop's infallible slipper, the cane for Kund and abbles for Eyolf and ayther nayther for Yakov Yea. A hundred and how? They did well to rechristien her Pluhurabelle. O loreley! What a loddon lodes! Heigh ho! But it's quite on the cards she'll shed

202 more and merrier, twills and trills, sparefours and spoilfives, nordsihkes and sudsevers and ayes and neins to a litter. Grandfarthring nap and Messamisery and the knave of all knaves and the joker. Heehaw! She must have been a gadabount in her day, so she must, more than most. Shoal she was, gidgad. She had a flewmen of her owen. Then a toss nare scared that lass, so aimai moe, that's agaopo! Tell me, tell me, how

könnt waschen und stopfen, nun da uns so gänzlich die Roßgrütze mangelt und Milch?
Wenn ja mein kurz-brittaisch Bett nicht wär, so mollig, wie's schmellt, ich spreng' garonnetiert daraus auf und haute ab zu den Schlamms della Tolka oder der Plage au Clontarf, daß die gaylen Lufzen ich pfühlt' meiner saltenen Trubclins-Bay und das Rasen des Saywints hoch unter meinen rockygen Klippen.
Ononn! Ononn! erzähl mir maer. Erzähl mir jedwede Kinzigkeit. Jeds singläre Ingul will ich erfähren. Bis hin zu dem, was so töppsch sie ins Flugslock jagste. Und warum die Gefosse so foicht warn. Das haomatte Fibbern gewrinnt meinen Lib. Wenn doch ein Pferde-Mahun mich härte! Bundukiboy und Askarigirl, das würden wir sein. Well denn, jetzt kommt der hazelhatchrige Tail. Nach Clondal die King's Inns. Bald sint wir dada, mit der Hochflute. Wieviele Alivien hatt sie im Rennen? Das kann ich dir richtnich berechten. Wäsch allein weisches. Manche wolln wissen, drei Saalen hätt sie zu Fülln und beschrankte sich selbst auf ein Hundert und Elbe, eins je von einem Vorneimen, macht mianakuminamoya mithin. Alepher lammt nochmal, das ganze Peck? Da fehlt's wohl an Plattz ballt im Kirkegaarden. Schon weiß sie ja kaum noch die Hellfte der Wiegennamen, die ihnen sie aufklatschte, Dank ihrem bocksenden Biskopp und seinem unpfählbar pantoiflischen Slipper, die Kainute für Kund und die Äbbel für Eyolf und Endweser-Oder für Yakov Yea. Ein Hunn' der und hä? Gut taten sie wohl, sie umzutäufen, in Pluhurabelle. O Lurlei! Was für absurrnde Kurranthen! Aber hoi-ho! 's ist hoechst
waschscheinlich, daß sie noch meere werft, güter und görener, 202
Twilling und Drelling, Spillfier und Spoilfiffe, Nordsikhs und Sudseeboys und Jachs und Neins auf ein Würfchen. Grandfarzender Nepp das und Messamisère und den Bubn Aller Bubn und den Joycker. I-Ah! Da muß sie sich ihrerzeits ja ganz schön rumgetrieben hafen, das mussie, meer denn am mainsten. Schaul an, scho lau war sie, 'gittigott. Filuminner hatt sie die Männge. Da konnte kains Toss sie mehr schrocken,

cam she camlin through all her fellows, the neckar she was, the diveline? Casting her perils before our swains from Fonte-in-Monte to Tidingtown and from Tidingtown tilhavet. Linking one and knocking the next, tapting a flank and tipting a jutty and palling in and pietaring out and clyding by on her eastway. Waiwhou was the first thurever burst? Someone he was, whuebra they were, in a tactic attack or in single combat. Tinker, tiler, souldrer, salor, Pieman Peace or Polistaman. That's the thing I'm elwys on edge to esk. Push up and push vardar and come to uphill headquarters! Was it waterlows year, after Grattan or Flood, or when maids were in Arc or when three stood hosting? Fidaris will find where the Doubt arises like Nieman from Nirgends found the Nihil. Worry you sighin foh, Albern, O Anser? Untie the gemman's fistiknots, Qvic and Nuancee! She can't put her hand on him for the moment. Tez thelon langlo, walking weary! Such a loon waybashwards to row! She sid herself she hardly knows whuon the annals her graveller was, a dynast of Leinster, a wolf of the sea, or what he did or how blyth she played or how, when, why, where and who offon he jumpnad her and how it was gave her away. She was just a young thin pale soft shy slim slip of a thing then, sauntering, by silvamoonlake and he was a heavy trudging lurching lieabroad of a Curraghman, making his hay for whose sun to shine on, as tough as the oaktrees (peats be with them!) used to rustle that time down by the dykes of killing Kildare, for forstfellfoss with a plash across her. She thought she's sankh neathe the ground with nymphant shame when he gave her the tigris eye! O happy fault! Me wish it was he! You're wrong there, corribly wrong! Tisn't only tonight you're anacheronistic! It was ages behind that when nullahs were nowhere, in county

das Deansmättchen, so aimai mou, das's agapo! Erzähl mir, erzähl mir, wie cam's überhaupt, daß sie klargecomm' ist mit all ihren Kerls, so'n Neckärschchen, wie sie war, die Devolin? Werft' ihre Pärlein vor unsere Schäuern, von Fonte-in-Monte bis Tidingtown und von Tidingtown til havet. Umwindet den einen und nockt sich den näcksten, zapft diesem die Flank und zupft jenem die Mol', bahr jeder Pietat, so tucht sich's leicht, gepaullt und gepötchert, herreuß und herrhein, und gleitsam vorbay auf dem Ostweyg. Waiwhierr warrn die ärschten, die thurtiglich bärscht'ten? Einer ja wahr's, werra immer sie wehrn, in taktschen Attackten oder Einzellkombackten. Dünker, Dämler, Kriegcher, Krämler, Passer Peace oder Polistamann. Das issis, was immir schon fregen ich wollte. Paar fortz und mack wardar und komm zum Hauptguadarr ama Bergene. War's das waterlos' Jahr, nach Grattan und Flutt, oder als Medchen so archig im Arc warn, oder als drei sich heerschaarten? Fidaris wird finngen, wo der Zwiefel entspringt, wie Nieman von Nirgends den Nihil font. Watt zäufst duden zoo, Albernt, O Anser? Knüppt auf des Gemmanen Fistiknoten, QVic und Nuanza! Sie kann mit der Hant nicht an ihn rann im Mement'. Tes thelon langlo, wandernder Wüdling! So longlich der Waych, ruckworts zu rüdern, die Waschbucht! Sie sagte ja selbst, sie wische's kaum seleber meer, w'erin den Analen ihr Bekieser, ein Dünast von Leinster, ein Wolf der See, oder wasser gemacht und wie blythig sie spillte, oder wer wann warum wo wie oft sie besprang, und wiegt sie's verspaßt kriegt'. War sie doch just bloß ein jung dünn bleich weich scheu schlank Schlüppchen von einem Dink damals, schlendernd am Silvamondsee, er aber ein trudgender schlingerlnd dollpatschender pierschrottiger Schlackaußenseiter von einem Curraghtermann, der sich das Heu von jedwedem Sönnlein bescheunen ließ, so rohbust wie die Eicheln (Pfriemde sey mit ihnen!) pflock arno tatsomal 'nab er zu rauscheln bei den Dylechen des killernden Kildare, um forstfellforsch phlattschend über sie her zu phallen. Sie dacht ja, sie sankh in den Boden vor allzu nymphatischer Scham, als sein tigrisch Aug

203 Wickenlow, garden of Erin, before she ever dreamt she'd lave Kilbride and go foaming under Horsepass bridge, with the great southerwestern windstorming her traces and the midland's grainwaster asarch for he track, to wend her ways byandby, robecca or worse, to spin and to grind, to swab and to thrash, for all her golden lifey in the barleyfields and pennylotts of Humphrey's fordofhurdlestown and lie with a landleaper, wellingtonorseher. Alesse, the lagos of girly days! For the dove of the dunas! Wasut? Izod? Are you sarthin suir? Not where the Finn fits into the Mourne, not where the Nore takes lieve of Blœm, not where the Braye divarts the Farer, not where the Moy changez her minds twixt Cullin and Conn tween Cunn and Collin? Or where Neptune sculled and Tritonville rowed and leandros three bumped heroines two? Neya, narev, nen, nonni, nos! Then whereabouts in Ow and Ovoca? Was it yst with wyst or Lucan Yokan or where the hand of man has never set foot? Dell me where, the fairy ferse time! I will if you listen. You know the dinkel dale of Luggelaw? Well, there once dwelt a local heremite, Michael Arklow was his riverend name, (with many a sigh I aspersed his lavabibs!) and one venersderg in junojuly, oso sweet and so cool and so limber she looked, Nance the Nixie, Nanon L'Escaut, in the silence, of the sycomores, all listening, the kindling curves you simply can't stop feeling, he plunged both of his newly anointed hands, the core of his cushlas, in her singimari saffron strumans of hair, parting them and soothing her and mingling it, that was deepdark and ample like this red bog at sundown. By that Vale Vowclose's lucydlac, the reignbeau's heavenarches arronged orranged her. Afrothdizzying galbs, her enamelled eyes indergoading him on to the vierge violetian. Wish a wish! Why a why? Mavro! Letty Lerck's lafing light throw those laurals now on her daphdaph teasesong petrock. Maass! But the majik wavus has elfun anon meshes. And Simba the Slayer of his Oga is slewd.

sie ereilte! O glücklicher Fall! Mich wünschte, 's wär ehr! Da irrstu dich aber, irrstich corribel! Nicht häut affend nur bistu anacheronistisch! Zeissalter hernach war's, da Nullahs warn 203
nirrgentz, im Wickenlow-Lande, im Garten Erin, eh' immensiee träumt', sie würd Kilbride lerwassern und schaumend gehn unter Horsepass Bridge, indessen der grauße Südwestern windsturmend um ihre Trassen fuhr und der Mittlenden Granwüster ihr scharf auf die Spur, zu wenden die Wege ihr nachennach, jebecca oder schlechta, zu trudeln, zu mahlen, zu schwabbern, zu knüppeln, als ging's um ihr ganzes güldnes Libbieleben in den Gerstenfeldern und Pennylotten von Humphreys FortvonHürdelstadt, um schließlich 'nem Landstricher beizuliegen, old Wellington, willnssiezusträucheln. Ach lee, die Lagos maidlicher Tage! Bei der Dove aller Dunan! Wassoll's? Issolt'? Du willst mir die Suir vermaasseln! Nicht wo der Finn in die Mourne stößt, nicht wo die Nore den Bloem verläßt, nicht wo die Braye den Farer drengelt, nicht wo die Moye sich wählerisch schlengelt zwischen Cullin und Conn z'waschen Cunn unde Collin? Oder wo Nepptown skullte und Tritonville rudert' und Leeandres dreu stießen Heroin' zwei? Neya, narev, nen, nonni, nos! Aber wodenn et wa in Ow und Ovoca? War's Yst bei Wyst oder Lucan Yokan oder wo Menschhettenhand nimmer Fluß gefaßt? Erthale mir wo, das allerferseste Mal! Ich werd's, wenn du lusterst. Du kennst das Dinkeldählchen von Luggelaw? Nun wohl, dort hauste dereinstens ein Hehremit, Michael Arklow, Riverends seinem Namen (mit mannch einem Säufzer netzt ich ihm seine Schlavabberlätzchen!), und eines Venersdergs so im Junojuly, oso süß und so kühl und geschmaidig sah sie aus, Nance das Nixlein, Nanon L'Escaut, in der Stille, der Sykomoren, der alllauschenden, nicht sattpfühlen kann man sich an all den gebärfrohen Kurven, da taucht' er die frischlings gesalbeten Hände, den Kern seiner Cushlas, beid' in die singimari saffranenen Strumen ihres Haars, sie tailend, ihr schmeichelnd, es mischend zugleich, das da tieftunkel und reichweit war wie der rote Moorast hier bei Sonnundagang. Bei jenes Weihklausen-

He cuddle not help himself, thurso that hot on him, he had to forget the monk in the man so, rubbing her up and smoothing her down, he baised his lippes in smiling mood, kiss akiss after kisokushk (as he warned her niver to, niver to, nevar) on

204 Anna-na-Poghue's of the freckled forehead. While you'd parse secheressa she hielt her souff'. But she ruz two feet hire in her aisne aestumation. And steppes on stilts ever since. That was kissuahealing with bantur for balm! O, wasn't he the bold priest? And wasn't she the naughty Livvy? Nautic Naama's now her navn. Two lads in scoutsch breeches went through her before that, Barefoot Burn and Wallowme Wade, Lugnaquillia's noblesse pickts, before she had a hint of a hair at her fanny to hide or a bossom to tempt a birch canoedler not to mention a bulgic porterhouse barge. And ere that again, leada, laida, all unraidy, too faint to buoy the fairiest rider, too frail to flirt with a cygnet's plume, she was licked by a hound, Chirripa-Chirruta, while poing her pee, pure and simple, on the spur of the hill in old Kippure, in birdsong and shearingtime, but first of all, worst of all, the wiggly livvly, she sideslipped out by a gap in the Devil's glen while Sally her nurse was sound asleep in a sloot and, feefee fiefie, fell over a spillway before she found her stride and lay and wriggled in all the stagnant black pools of rainy under a fallow coo and she laughed innocefree with her limbs aloft and a whole drove of maiden hawthorns blushing and looking askance upon her.

Drop me the sound of the findhorn's name, Mtu or Mti, sombogger was wisness. And drip me why in the flenders was she

thales luzidem Lac arrongierten orrange sie des Regnibeaus Himmelsbögen. Afrothdissirrende Tayche, so indergottblau, stachelten ihre Augenglassuren ihn an, ihr das Viergelein zu violieren. Wünsch dir wasch! Wiescho dasch? Mavro! Letty Lercks lackend Licht wirft nun die Laurbeern auf ihren daphdaphnischen Kitzelliedler Petrock. Maasch! Doch der majische Wogus hat elfun anon Nechtze. Und Simba, der Schlechter seiner Oga, er liegt erschlagen. Da kunnt er's nicht laschen, so dürrstete's ihn, er mußte das Mönchlein im Manne vergessen, er rubbte sie ab und schmuste sie nieder, er baisset' die Liffzen in lechzelnder Laun, Kusskuss um Küßtchen nach Kisokushk (derweilen er warnt' sie, nimmer zu, niver zu, nevarn) auf Anna-na-Poghues sommersprotzende Stirn. Und so lang, wie 204
man braucht, um secheressa zu annaliffiren, so lange kühlt' sie ihr Südchen. Doch stieg sie gleich zween Fuß heuer in ihrer eigenen Wehrtschützung. Und steppelt auf Stelzen seither immerdar. Das nenn ich mir Küssuaheilung, mit Bantur als Ballsam'! Oh, war nicht er selber der kecke Pfaff? Und war nicht sie das Nixnuttzlein Livvy? Nautik' Naama ist jetzt ihr Navme. Zwo Burschen in scouttischen Breeches gingen zuvor durch sie hindurch, Barefoot Burn und Wallowme Wade, Lugnaquillias nobelste Pickten, noch eh' sie auch nur ein Härlein hatt auf der Pfanne oder Busento genug, einen Birkenkanudler zu versuchen, gar nicht zu reden von einem bellygischen Pierkneipenschlepper. Und wieder davor noch, Leda, Leda, gar so spreeda, zu schwach, um den fährigsten Reiter zu baken, zu zart noch, auch nur eines Jungschwans Gefieder zu beflirten, ward sie von einem Honde gelickt, Chirripa-Chirruta, als einmal sie just ihr Pipi abschlug, ganz pur unde simpel, am Bergsausläufer im alten Kippure, zur Vogelsangszeit und Erntemahd, doch zuerst von allem, zuvorderst, zuschwerst, das schlinglige Liffchen, 'nen Seitensprung tat's, vermague eines Spalts in der Teufels-Schlucht, indessen Sally, ihr Nährmütterlein, fest schlummert' in einer Schlotte, und fifi fuifui, fiel sie ober den Überlauf, ehe sie dann ihren Laufschritt fand und lag und sich wriggelt' in all den schwarzen

frickled. And trickle me through was she marcellewaved or was it weirdly a wig she wore. And whitside did they droop their glows in their florry, aback to wist or affront to sea? In fear to hear the dear so near or longing loth and loathing longing? Are you in the swim or are you out? O go in, go on, go an! I mean about what you know. I know right well what you mean. Rother! You'd like the coifs and guimpes, snouty, and me to do the greasy jub on old Veronica's wipers. What am I rancing now and I'll thank you? Is it a pinny or is it a surplice? Arran, where's your nose? And where's the starch? That's not the vesdre benediction smell. I can tell from here by their *eau de Colo* and the scent of her oder they're Mrs Magrath's. And you ought to have aird them. Tey've moist come off her. Creases in silk they are, not crampton lawn.

205 Baptiste me, father, for she has sinned! Through her catchment ring she freed them easy, with her hips' hurrahs for her knees'dontelleries. The only parr with frills in old the plain. So they are, I declare! Welland well! If tomorrow keeps fine who'll come tripping to sightsee? How'll? Ask me next what I haven't got! The Belvedarean exhibitioners. In their cruisery caps and oarsclub colours. What hoo, they band! And what hoa, they buck! And here is her nubilee letters too. Ellis on quay in scarlet thread. Linked for the world on a flushcaloured field. Annan exe after to show they're not Laura Keown's. O, may the diabolo twisk your seifety pin! You child of Mammon, Kinsella's Lilith! Now who has been tearing the leg of her drawars on her? Which leg is it? The one

Regenpfützen unter einem fahlblauernden Gurrer, und in-
nocefrei lacht' sie, die Gliederchen flink in die Höh', und ein
ganzer Trieb maidlicher Hagedorne errötete und blickte scheel
auf sie.

Tropf mir den Klang von des Findhorns Namen, Mto oder
Mti, eyner war Zeuge. Und trief mir, warum in den Flindern
sie sommespross. Und sicker's mir durch, war sie marcelle-ge-
wellt, oder war's 'ne bannale Perrücke, die sie trug. Und nach
welschseit ließen sie wellken ihr Lilienglühn, aback nach Wist
oder affront nach See? Voll Furcht, den Deuerling neu zu be-
hurchen, oder voll Langens ohn' Lust und Ohnlüstens voll
Langen? Bißt du im Bilde oder bissest du's nicht? Oh, mach
weiß, mach weißer, mack weider! Ich mein, betriefs dessen,
was du weist. Ich wische recht wohl, was du minast. So rud-
der! Ei ja, du hättst gern die Hauben und Guimpen, Schnotz-
chen du, und ich soll die Schmierarbeit machen an der alten
Veronika Wischgelump. Was spül ich denn jetzt da, ich bitt'
schön? Ist es ein Latz oder ist's ein Choristenhemmt? Arran,
wo haßt' deine Nase? Und wo ist die Stärk? Das ist nicht der
sackrische Segensruch. Ich riech's doch von hier am *eau de Colo*
und am tüppschen Oder: Mrs Magrath ihre sind's. Du hättest
sie luften sollen. Feucht, wie sie warn noch, sind sie ihr von den
Beinen. Ein einzig Seidengeknitter, nicht Crampton-Baptist.
Teufe mich, Vater, dennsie hat gesinndigt! Durch ihren Fän- 205
gerring freit' sissie leicht, ein hippsch Hurrah für ihre Knies'-
Dontellerien. Das einzicke Paar mit Rüschen in all den sälmt-
lichen ebnen. So ist's, ich bezeug's! Woll gawoll! Wenn mor-
gen 's schein bleibt, wer wallt dann noch her auf Bezichti-
gungsfahrt? Wer wirr tas schon wellen! Frag mich zunöckst,
was ich nix hab! Die Stipenniaten vom Bellevider. Mit ihren
feschen Kreuzfahrterkappen und Ruderklubfahrbeln. Hoho,
dies Gebandel! Haha, dies Gebock! Und hier ist auch schon
ihre Nubiläums-Letter. Ellis auf Kai in Scharlachgarn. Vor
der Welt verbunden auf flaischwarm'nem Felld. Unden Icks'-
chen dahinter, zum Zeignis, daß Laura Keown's sie nicht. Oh,
knack der Diablo dir doch die Sickerheidsnadel! Du Kindskopf

with the bells on it. Rinse them out and aston along with you! Where did I stop? Never stop! Continuarration! You're not there yet. I amstel waiting. Garonne, garonne!

Well, after it was put in the Mericy Cordial Mendicant's Sitterdag-Zindeh-Munaday Wakeschrift (for once they sullied their white kidloves, chewing cuds after their dinners of cheeckin and beggin, with their show us it here and their mind out of that and their when you're quite finished with the reading matarial), even the snee that snowdon his hoaring hair had a skunner against him. Thaw, thaw, sava, savuto! Score Her Chuff Exsquire! Everywhere erriff you went and every bung you arver dropped into, in cit or suburb or in addled areas, the Rose and Bottle or Phoenix Tavern or Power's Inn or Jude's Hotel or wherever you scoured the countryside from Nannywater to Vartryville or from Porta Lateen to the lootin quarter you found his ikom etsched tipside down or the cornerboys cammocking his guy and Morris the Man, with the role of a royss in his turgos the turrible, (Evropeahahn cheic house, unskimmed sooit and yahoort, hamman now cheekmee, Ahdahm this way make, Fatima, half turn!) reeling and railing round the local as the peihos piped und ubanjees twanged, with oddfellow's triple tiara busby rotundarinking round his scalp. Like Pate-by-the-Neva or Peteover-Meer. This is the Hausman all paven and stoned, that cribbed the Cabin that never was owned that cocked his leg

206 and hennad his Egg. And the mauldrin rabble around him in areopage, fracassing a great bingkan cagnan with their timpan

des Mammons, Kinsellas Lilith! Wer hat ihr denn nun das Bein von den Schlübbfern gerissen beim Draufeln und Drangeln? Und welches Bein ist es? Das mit den Glöckchen dran! Spöle sie aus und mack daly alsdann! Wo hielt ich inn? Nimmer hallt anne! Forzetzung volk'! Dort birstu noch nidda. Immer nach'-bart ich. Gerinn' dich, Garonne!

Nun also, ja, wie es dann auch noch in der Zeitdung stand, in der Mericy Cordial Mendicant's Sitterdag-Zindeh-Munatach Wakenschrifft (denn einstens beschmuddsten sie ihre weißen Glasseh-Handschuhe, wiederkäuernd nach ihren Freßmählern aus Gekeif und Geschnorre, mit ihrem ewigen Hast du's dabei, Kommt ja gar nicht infrage, Also wenn du allmählich mit dem Lesezeug zurande kämst), da hatt selbst der Snee, der sein grauend Haar beschneizte, einen graußen Schnitt wider ihn. Tautau, sava, savuto! Eins an für Herrn Chuff Exsquire! Wohin man auch immer verirrt ward, in jecklicher Kneipe, darein 's einen verschlug, in Cit oder Vorstatt, oder in faul verkommnen Becircen, Zur Rose und Buddel, oder Phoenix Tavern', oder Power's Inn, oder Jude's Hotel, wo immer die Landschaft man abstöberte, von Nannywater bis Vartryville, von der Porta Lasseina zum Quartier Lassihn, allüberall fant man sein Beltnis geetscht, das Ober zuunterst, oder die Gassenbengels hauhechelten ihn durch und trieben Fawksen mit seinem Guy und Morris dem Mann, mit der Roll' eines Royssen bei seinen Turriblen Türgen (jätweges evroviehisch Scheikhaus, vollfett gesuißt und yahoort, ein schickes Hammam jetzt auch, Ahdahmen hierlang, Fatimas kehrt m'am-marsch!), lüsternd und lästernd rund durchs Lokahl, bei der Peihos Gefeif und Ubangis näselndem Drohnen, indessen Oddfellows dreifacher Tiarenkalpak ihm das Skalbfell rotundaringte. Wie Beters Burg an der Newa oder Peters Bark' überm Meer. Dies ist der Haussman, voll Pflaster und Stein, der die Hütte geklaut hat, die nimmer war sein, der da cockt' sich ins Leg
und hennat' sein Egg. Und dann der verrattete Pöbel um ihn 206
herum in Areopag, wie er krachschlägern mit seinen Gewimmlern den großen Bingkan Cagnan paukte. Vergiß deinen

crowders. Mind your Grimmfather! Think of your Ma! Hing the Hong is his jove's hangnomen! Lilt a bolero, bulling a law! She swore on croststyx nyne wyndabouts she's be level with all the snags of them yet. Par the Vulnerable Virgin's Mary del Dame! So she said to herself she'd frame a plan to fake a shine, the mischiefmaker, the like of it you niever heard. What plan? Tell me quick and dongu so crould! What the meurther did she mague? Well, she bergened a zakbag, a shammy mailsack, with the lend of a loan of the light of his lampion, off one of her swapsons, Shaun the Post, and then she went and consulted her chapboucqs, old Mot Moore, Casey's Euclid and the Fashion Display and made herself tidal to join in the mascarete. O gig goggle of gigguels. I can't tell you how! It's too screaming to rizo, rabbit it all! Minneha, minnehi minaaehe, minneho! O but you must, you must really! Make my hear it gurgle gurgle, like the farest gargle gargle in the dusky dirgle dargle! By the holy well of Mulhuddart I swear I'd pledge my chanza getting to heaven through Tirry and Killy's mount of impiety to hear it all, aviary word! O, leave me my faculties, woman, a while! If you don't like my story get out of the punt. Well, have it your own way, so. Here, sit down and do as you're bid. Take my stroke and bend to your bow. Forward in and pull your overthepoise! Lisp it slaney and crisp it quiet. Deel me longsome. Tongue your time now. Breathe thet deep. Thouat's the fairway. Hurry slow and scheldt you go. Lynd us your blessed ashes here till I scrub the canon's underpants. Flow now. Ower more. And pooleypooley.

First she let her hair fal and down it flussed to her feet its teviots winding coils. Then, mothernaked, she sampood herself with galawater and fraguant pistania mud, wupper and lauar, from crown to sole. Next she greesed the groove of her keel, warthes and wears and mole and itcher, with antifouling butterscatch and turfentide and serpenthyme and with leafmould she ushered round prunella isles and eslats dun, quincecunct, allover her little mary. Peeld gold of waxwork her

Grimmvater nicht! Denk an Mama! Hing der Hong ist seins Juxpatters Hängername! Flitz 'nen Bolero, bulle 'nen Bann! Auf Kräutzstyx's neyn Schlynglungen schwor sie, daß immer noch auf sie's nähm mit den sämtlichen Stümpfern. Ei, bey der Wundbaren Jumpfrau Mary del Dame! So sagt' sie bei sich, ein Ränkchen trög sie im Sinne, die Intrigantrin, das gäb ein Geschrey dann, desgleichen noch njemen vernahm. Was fürn'n Gerenk? Erzähle mir's rösch und spangel mich nicht auf die Foylter! Wie meurtherisch mague sie's getrubelt haben! Nunna, sie bergt' sich 'nen Rucksack, 'nen Postzack aus zähmisch Leder, bei geliehnem Geleiht eines Lichts seiner Lamper, von einem ihrer Schwippsöhne, dem Postler Shaun, und dann ging sie hin und konsultiert' ihre ach so preiswerte Volksliteratur, den alten Mot Moore, Caseys Euklid und die Modenschau, und macht sich ebbes flutschig zurächt, auf die Maskarete sich einzurichtern. O welch giguegickerndes Gockelgegacker! Ich kann dir nicht sagen, wie! Zum Brillen schier ist es, ist viel zu rizocul, ei Gatt' erdämmich! Minneha, minnehi, mineehe, minneho! Ah, Ober du mußt, du musest bestimmich! Laß mich's schunkelschunkeln hören, wie das fernste Klinkelklinkeln in der Dämmrung Munkeldunkeln! Bei der heiljen Kwelle von Mulhuddart, ich schwör, ich setzt' sämtliche Chanzen zum Pfant, dereinst in den Himmel zu kommen durch Tirry und Killys Mont-de-impiété, könnt ich's nur alles hören, jeckliches Wort! Ah, laß mich nach meiner Façon, Weib, ein Weilchen! Paßt es dir nicht, wie 'ch berichte, so steig aus dem Punt. Wohl Anden, mach's wie du wellest. Hier, hock dich her und tu, was phalanxt wird. Streck nach dem Tackt dich und beug dich nach Bug. Leg dich ins Zeug und reiß dich am Gleißgewicht! Lispel es lahnig und raspel's in Ruh. Mach's mir schön lenksam. Züngle die Zeit jetzt. Atme tief durch. So ist's das rechte Fairwaiter. Eile mit Weil, dann scheldest du wellen. Leyher uns deine gesegreten Äschen herüber, bis ich des Herrn Kannohnekuss Unterhosen geschrubbt hab. Laß fleußen jetzt. Schuldtnere mehr. Und pfuhlipfuhle.

Zuerst ließ das Haar sie fahlen, und nieder fluss's ihr zu Fü-

207 jellybelly and her grains of incense anguille bronze. And after
that she wove a garland for her hair. She pleated it. She plait-
ed it. Of meadowgrass and riverflags, the bulrush and water-
weed, and of fallen griefs of weeping willow. Then she made
her bracelets and her anklets and her armlets and a jetty
amulet for necklace of clicking cobbles and pattering pebbles
and rumbledown rubble, richmond and rehr, of Irish rhuner-
hinerstones and shellmarble bangles. That done, a dawk of
smut to her airy ey, Annushka Lutetiavitch Pufflovah, and
the lellipos cream to her lippeleens and the pick of the paint-
box for her pommettes, from strawbirry reds to extra vio-
lates, and she sendred her boudeloire maids to His Affluence,
Ciliegia Grande and Kirschie Real, the two chirsines, with
respecks from his missus, seepy and sewery, and a request
might she passe of him for a minnikin. A call to pay and light
a taper, in Brieon-Arrosa, back in a sprizzling. The cock strik-
ing mine, the stalls bridely sign, there's Zambosy waiting for
Me! She said she wouldn't be half her length away. Then,
then, as soon as the lump his back was turned, with her meal-
iebag slang over her shulder, Anna Livia, oysterface, forth
of her bassein came.

Describe her! Hustle along, why can't you? Spitz on the iern
while it's hot. I wouldn't miss her for irthing on nerthe. Not
for the lucre of lomba strait. Oceans of Gaud, I mosel hear
that! Ogowe presta! Leste, before Julia sees her! Ishekarry
and washemeskad, the carishy caratimaney? Whole lady fair?
Duodecimoroon? Bon a ventura? Malagassy? What had she

ßen, das windig gewandne Geflecht. Dann, mutternackt, wie sie war, sampoot' ihr Selbst sie mit Galawasser und waulriechendem Pistaniaschlick, lauarm gewuppert, vom Scheultel zur Sele. Als neckistes saalebt' die Kemm' ihres Hinterkeils sie, Warthzen und Wehra und Mole und Itchen, mit antistankigem Buttertoffee und Tarnpentint' und Serpenthym, und mit Lauberde rushert' sie duh sich niederwerts, rund um prunelle Islen und Eslan, quincecunct, gen 's Cunt, alllieber ihr lüttes Bäuschlein. Goldschallig Wachswerk ihr Jelleibelly, und
ihre Weyruchskörner ein bronzen Anguille. Und als das voll- 207
bracht, da wob ein Girrländchen sie für ihr Haar. Sie fältelt's. Sie faltet's. Aus Wiesengras und Flumenhallm, aus Binse und Wasserpest, und aus den gefallnen Blettern der Treuerweide. Dann macht' sie sich Bändlein für Arm, Hand und Fuß, und ein pechschwarz Amolett als Haltskette aus klickenden Kopfsteinen und klatschenden Kieseln und schüttrem Geröll, Reichmund und Rehr, aus irischen Rhunrheinersteinen und Muschelmarmoor dann Spangen. Und da das getan war, ein Düppchen Ruß auf ihr airelich Geeyg, Annushka Lutetiawitsch Pufflovah, und die Lellipo-Creme auf die Lippelein, und das Beste vom Schminktopf für ihre Pometten, von Erdbierroth zu Extravioleth, und dann sendrete sie ihre Boudeloire-Maiden zu Seiner Affluenz, Ciliegia Grande und Kirschie Real, die beiden Chirsinen, mit respeckvollen Grüßen von seiner Missus, zibbig und surrig, und dem ergebensten Ansuchen, ob sie ihn wohl auf ein Minnikin alleinlassen dürfe. Einen Bezug abzustatten und eine Fackel zu entsünden, in Brie-on-Arrosa, zurück in 'nem Spritzel. Das Clockel schleckt mein, die Starrn' alle scheun'n, da ist Ilmand, der wartet auf Mich! Nicht halb ihr Längchen bliebe sie wegge, so sagt' sie. Dann, dann, kaum daß sich der Klump von 'nem Buckel gewandt, trat vor aus dem Becken, den Mêlesack über die Schuldter geslängelt, sie: Anna Livia, Austernface.

Beschreib sie! Hurdich voran, was stockst du? Spütz auf die Ihron, solang es noch heiß ist. Um nilchts auf Edern wollt ich sie missen. Um allen Porfutt nicht von Lombard Strait. Meer

on, the liddel oud oddity? How much did she scallop, harness and weights? Here she is, Amnisty Ann! Call her calamity electrifies man.

No electress at all but old Moppa Necessity, angin mother of injons. I'll tell you a test. But you must sit still. Will you hold your peace and listen well to what I am going to say now? It might have been ten or twenty to one of the night of Allclose or the nexth of April when the flip of her hoogly igloo flappered and out toetippit a bushman woman, the dearest little moma ever you saw, nodding around her, all smiles, with ems of embarras and aues to awe, between two ages, a

208 judyqueen, not up to your elb. Quick, look at her cute and saise her quirk for the bicker she lives the slicker she grows. Save us and tagus! No more? Werra where in ourthe did you ever pick a Lambay chop as big as a battering ram? Ay, you're right. I'm epte to forgetting, Like Liviam Liddle did Loveme Long. The linth of my hough, I say! She wore a ploughboy's nailstudded clogs, a pair of ploughfields in themselves: a sugarloaf hat with a gaudyquiviry peak and a band of gorse for an arnoment and a hundred streamers dancing off it and a guildered pin to pierce it: owlglassy bicycles boggled her eyes: and a fishnetzeveil for the sun not to spoil the wrinklings of her hydeaspects: potatorings boucled the loose laubes of her laudsnarers: her nude cuba stockings were salmospotsspeckled: she sported a galligo shimmy of hazevaipar tinto that never was fast till it ran in the washing: stout stays, the rivals, lined her length: her bloodorange bockknickers, a two in one garment, showed natural nigger boggers, fancyfastened, free to undo: her blackstripe tan joseph was sequansewn and teddybearlined, with wavy rushgreen epau-

Kotzes, das mosel ich hoiren! Ogowe presta! Leste, eh's Julias Zeh sah! Issiekarry und wassiemiskarrt, die kar'sche Carotimähnin? Gans Feine Dame? Duodecimeron? Bon a ventura? Mal' Gassi gar? Was hatte sie an, das kumasche lüdde Koköttzchen? Wie weit trieb die Skala sie hoch, Geschirr und Gewichte? Hier ist sie, Amnistie-Änne! Nenne sie Triebsal elecktrisiert Männe.

Ach, nichts von Ohleck und Elecktra, nein, alt Mammchen Nuttwendigkeit nur, Mütterchen Mottor der Menschchen. Ich nenn dir 'nen Test. Aber still mußt du sitzen. Willst du nun endlich dein Wibbsstück halten und lauschen wohl, was ich schlagen wolle? Es könnte so zehn oder zwanzig auf eins gewesen sein in der Nacht Aller Schellen oder am nächsten Aprill, als die Flibb' ihres häuslichen Iglus auflabbte, und heraustrat auf Zitzenspehen ein Buschmännerweib, das allerliebst lütte Momachen, das immer man sah, rund um sich nikkend, gans Lecheln, mit Ems vom Embrassen und Auen zum Ohn, zwieschen zween Zeitaltern, ein queenzig Hutzelweib- 208
chen, kaum elbbogenhoch. Rasch, spatzt die Fänger und pickt sie fein, denn je linger sie leibt, desto gringor sie rivert. Red uns und njem ens! Wass, waiter netze? Wo ilmen auf Ourthen erwischtest du je ein Lammbay-Kotelett, so dick wie ein Rammbock? Ei ja, du hast recht. Ich werd langsam vergäßlicht, wie Liviam Liddel es war gegen Liebmich Lang. Bei all meiner Lenke Gelänge, ich muß doch sehr bitten! Sie trug eines Plackerboys nagelbeschlagne Pantinen, 's war glatt ein Paar Felder für sich: einen Zuckerhutshut mit gaudiquivirriger Kuppe und ein Stechginsterband als Arnoment, daran wohl an hundert Wimpelchen tandsten, und 'nen göldenen Stifft, 's zu durchstoßen: eulglasige Bizykler beschauklappten ihr die Augen: und ein Fischnetzschleyer, daß ja die Sonne ihr nicht die Rünzelchen ihrer Hautaspeckte ruinierte: Potatoringe umgarnten die losen Läppschen ihrer Lautfänger: ihre nackten Cuba-Strümpfe warn salmfleckgetüpfelt: im Galligo-Hemdchen brüstet' sie sich von dunstvapeurenem Tinto, der eher nicht fest ward, denn bis er auslief in der Wäsche: stemmig

lettes and a leadown here and there of royal swansruff: a brace of gaspers stuck in her hayrope garters: her civvy codroy coat with alpheubett buttons was boundaried round with a twobar tunnel belt: a fourpenny bit in each pocketside weighed her safe from the blowaway windrush; she had a clothespeg tight astride on her joki's nose and she kep on grinding a sommething quaint in her fiumy mouth and the rrreke of the fluve of the tail of the gawan of her snuffdrab siouler's skirt trailed ffiffty odd Irish miles behind her lungarhodes.

Hellsbells, I'm sorry I missed her! Sweet gumptyum and nobody fainted! But in whelk of her mouths? Was her naze alight? Everyone that saw her said the dowce little delia looked a bit queer. Lotsy trotsy, mind the poddle! Missus, be good and don't fol in the say! Fenny poor hex she must have charred. Kickhams a frumpier ever you saw! Making mush mullet's eyes at her boys dobelon. And they crowned her their chariton queen, all the maids. Of the may? You don't say! Well for her she couldn't see herself. I recknitz wharfore the darling murrayed her mirror. She did? Mersey me! There was a koros

209 of drouthdropping surfacemen, boomslanging and plugchewing, fuiteyeing and flowerfeeding, in contemplation of the fluctuation and the undification of her filimentation, lolling and leasing on North Lazers' Waal all eelfare week by

korsettsame Stützen, die Neben-Buhler, säumten ihre Länge: ihre blutorangenen Bockknicker, gleich zweie in einem Kleid, zeigten naturreine Niggerbogger, reißverschlossen, frei zum Erschluß: ihr schwarzstreifig gerbfarbner Langmantel hatte Sequanbesetzung und Teddybärsaum, mit wogig binsengrünen Epauleden und einem Umleger hier und da aus royalen Schwanendaunen: ein Pärchen Glimmstengel stak in ihren heuruppigen Strumpfbändern: ihr höchst ziviler Codroy-Mantel voll alpheubettörender Knöpfe ward rundum gehalten von einem zweibahrnigen Tunnelgürtel: ein Vier-Penny-Münzchen in jeglicher Taschenseite beschwehrte sie sicher vorm fortreißenden Windgebraus; eine Wäscheklammer hatt sie dicht rittlings auf ihrer Joki-Nase, und fortwährend weiterhin mahlt' sie ein Ebbes von wunderlicht Ding in ihrem fiumigen Mündchen, und der Rrreke des Fluves der Schlepp des Gawands ihres schnuppertabackgeilben Shiuler-Rocks schlurte einige ffuffsich irrische Meilen noch hinter ihr her auf ihren Lungarhoden.

Höllengebell, tut mit das aber leid, daß ich sie verpaßt hab! So vielziggigfach, und keiner ward schwach! Doch in whelk ihrer Mündgen? Hatt sie ein helles Kap? Jedwesermann, der sie ansaar, sagte, die duße lütte Delia säh ein bißen schräg aus. Lotsy trotsy dem, paß auf das Paddel! Missus, sei gütigst so gut und faull mir nicht in die Seh! Wie ein vermoorkstes armes Hexlein muß sie ausgeschorft haben. Kickhams, ein schlammpiger's nimmer du sahst! Duslige Äuglein nach Mulusgen-Art macht' sie nach ihrer Boys Dubblonen. Und sie krönten sie drob zu ihrer Chariton-Königin, die Maiden all. Des Maien Schall? O mei, o feierweih! Was für ein Glück für sie, daß sie sich selber nicht seen konnte. Jetzt kann ich mir ausrechnitzen, wharum das Schätzchen sich so ihren Spiegel vermurgst hat. Das that sie? Ich kriege die Mottlau! Da gab's
'nen Koros von durrststriefenden Streckenarbeitzern, baum- 209
schlangend und priemkauend, fruchtäugend und blumenfrescend, in Kontemplation der Fluktuation und der Undifikation ihrer Filimentation, lungernd und lümmelnd an der North

the Jukar Yoick's and as soon as they saw her meander by that marritime way in her grasswinter's weeds and twigged who was under her archdeaconess bonnet, Avondale's fish and Clarence's poison, sedges an to aneber, Wit-upon-Crutches to Master Bates: *Between our two southsates and the granite they're warming, or her face has been lifted or Alp has doped!*

But what was the game in her mixed baggyrhatty? Just the tembo in her tumbo or pilipili from her pepperpot? Saas and taas and specis bizaas. And where in thunder did she plunder? Fore the battle or efter the ball? I want to get it frisk from the soorce. I aubette my bearb it's worth while poaching on! Shake it up, do, do! That's a good old son of a ditch! I promise I'll make it worth your while. And I don't mean maybe. Nor yet with a goodfor. Spey me pruth and I'll tale you true.

Well, arundgirond in a waveney lyne aringarouma she pattered and swung and sidled, dribbling her boulder through narrowa mosses, the diliskydrear on our drier side and the vilde vetchvine agin us, curara here, careero there, not knowing which medway or weser to strike it, edereider, making chattahoochee all to her ain chichiu, like Santa Claus at the cree of the pale and puny, nistling to hear for their tiny hearties, her arms encircling Isolabella, then running with reconciled Romas and Reims, on like a lech to be off like a dart, then bathing Dirty Hans' spatters with spittle, with a Christmas box apiece for aisch and iveryone of her childer, the birthday gifts they dreamt they gabe her, the spoiled she fleetly laid at our door! On the matt, by the pourch and inunder the cellar. The rivulets ran aflod to see, the glashaboys, the pollynooties. Out of the paunschaup on to the pyre. And they all about her, juvenile leads and ingenuinas, from the slime of their slums and artesaned wellings, rickets and riots, like the Smyly boys at their vicereine's levee. Vivi vienne, little Annchen! Vielo Anna, high life! Sing us a sula, O,

Lazers' Waal die ganze Aalfuhrts-Woche beim Jukar Yoick's, und kaum daß sie sahn sie vorbeimäandern auf jenem fidel marritimen Weg in ihren strohwintwernen Trauergewanden und kriegten spitz, wer da steckte unter ihrer Archidiakonissenhaube, Avondale's Fisch und Clarence's Gift, da sedget aisner zum anadyrn, WItzig-auf-Krücken zu Master Bates: *Unter unsern zwo Südsaitten und dem Grannit, den sie wärmen, entweder hat sich ihr Spiegel geliftet oder Alp ist gedopt!*

Doch was war so wirrbelnd die Beut' in ihrem Baggyrhatty? Grad bloß der Tembo in ihrem Tumbo oder Pilipili aus ihrem Pepperpott? Saas und Taas und speißge Bizaars. Und wo zum Dunder kriegt' sie den Plunder? Var der Schlacht oder nahe dem Ball? Das will ich doch frisk von der Suhrce schöpsen. Ich aubett' meinen Barb, es lohnt sich, mal fremd zu revieren! Schüttle ihn auf, nur zu! Oh, brav, aller Huronsohn! Ich versprech dir, ich will's dir vergeldten. Und das mein' ich im Erinst. Und nicht bloß mit 'nem Schuldschein. Spey's aus und laß mich nicht warthen, dann bericht ich dir wahr.

Nun, rundgirondend in wogernden Liènie, so plattschert' und schwattzt' sie aringsaroum' und schwang sich und schlangelt', und ließ ihr Flußgestein dribbeln durch angelpasserne Mossen, den Diliskydrear auf unsrer dryeren Seite und vildinen Wyggenweyn vorn uns voraus, Kurara hier, Karriero dorten, ganz ohne Ahnung, wo ihr nun ennslich der göldene Metalweg floß, edereider, mit mundterem Chattahoochee für ihr egernes Chichiu, gleichwie Sankt Nicklaus beim Kreischen der Bleichen und Schwachen, huschelnd erpicht, ihnen die windsigen Herzlein zu behorchen, mit den Armen umcircelnd Isolabella, dann rinnend mit wiederversohnten Romas und Reims, so leicht wie ein Lech und so lahn wie ein Pfeil, zu baden nun schnell des Dreckigen Hans Gespritz mit Gespeichel, ein Weihnachtsgeschenk dabei für jeetzwetters ihrer Kinner, die Gebührtstagsmitgiften, von deren Vergabung sie treumten, das Beutelgeschrunz, das so rattsch vor die Tür sie uns kehrte! Hin auf die Matte, anda Werranda und ininter

susuria! Ausone sidulcis! Hasn't she tambre! Chipping her

and raising a bit of a chir or a jary every dive she'd neb in her culdee sacco of wabbash she raabed and reach out her maundy meerschaundize, poor souvenir as per ricorder and all for sore aringarung, stinkers and heelers, laggards and primelads, her furzeborn sons and dribblederry daughters, a thousand and one of them, and wickerpotluck for each of them. For evil and ever. And kiks the buch. A tinker's bann and a barrow to boil his billy for Gipsy Lee; a cartridge of cockaleekie soup for Chummy the Guardsman; for sulky Pender's acid nephew deltoïd drops, curiously strong; a cough and a rattle and wildrose cheeks for poor Piccolina Petite MacFarlane; a jigsaw puzzle of needles and pins and blankets and shins between them for Isabel, Jezebel and Llewelyn Mmarriage; a brazen nose and pigiron mittens for Johnny Walker Beg; a papar flag of the saints and stripes for Kevineen O'Dea; a puffpuff for Pudge Craig and a nightmarching hare for Techertim Tombigby; waterleg and gumboots each for Bully Hayes and Hurricane Hartigan; a prodigal heart and fatted calves for Buck Jones, the pride of Clonliffe; a loaf of bread and a father's early aim for Val from Skibereen; a jauntingcar for Larry Doolin, the Ballyclee jackeen; a seasick trip on a government ship for Teague O'Flanagan; a louse and trap for Jerry Coyle; slushmincepies for Andy Mackenzie; a hairclip and clackdish for Penceless Peter; that twelve sounds look for G. V. Brooke; a drowned doll, to face downwards for modest Sister Anne Mortimer; altar falls for Blanchisse's bed; Wildairs' breechettes for Magpeg Woppington; to Sue Dot a big eye; to Sam Dash a false step; snakes in clover, picked and scotched, and a vaticanned viper catcher's visa for Patsy

dem Keller. Die Flußlinge rannten gar flutt nach seen, die
Glashajungs, die Pollynutten. Raus aus dem Pfandschob zum
Pyrehauf 'nauf. Und alle um sie herum, jüngliche Pirschlein
und Ingenuinen, aus dem Sleim ihrer Slums und artesanierten
Brünnen, Rachitis und Auf-Ruhr, ganz wie die Smyly-Boys
bei ihrer Vicekönigin Lever. Vivi vienne, lütt Ännchen! Vielo
Anna, sie liebe hoch! Sing uns a Sula, O, Susuria! Ausone si-
dulcis! Hat sie nicht Tambre! Sie zwickten sie und neckarten 210
sie und nahmen sie höchst auf den Arno ein jeglichtesmal, wo
immer hinnom und hinnab sie schnappte in ihrem Gülde-
Sack voller Krempel, den sie geraabt, und herreußzog ihre
allmoosigen Meerschandtilien, pur souvenir wie auch per ri-
corder, und alles das bloß aus gereizter Erinnyerung, Stänk-
rer und Kränger, Prescher und Bummelanten, ihre Steckkind-
stersöhne, die furztgebornen, und ihre draufach versabbelten
Döchter, ein Tausend und Eins insgesamt, und Große Beschee-
rung zum Windter-Potlach für Jeden. Auf ilmer und uiwig.
Und bis ins Gras. Eines Pfuschers Pfluch und ein Pfaß, seinen
Knübbel darin zu boilen, für Gipsy Lee; eine Kardusche
durchlauchtester Hühnersuppe für Chummy den Wachmann;
für des mürrschen Pender bissigen Neffen deltoide Drops, gar
sonderlich stark; Gehust und Geröchel und wildrosige Wäng-
lein für die arme Piccolina Petite MacFarlane; ein Laubsäge-
Puzzle aus Nadeln und Zwecken und Schienbein und Decken
dazwischen für Isabel, Jezebel und Llewelyn Mmarriage; eine
Messingnase und roheiserne Fäustlinge für Johnny Walker
Bey; ein lebenslang hutmachernd Pfründlein für Jack den
Bower; eine paparene Flagge mit Heiljen und Streifchen für
Kevineen O'Dea; ein Puffpuff für Pudge Craig und einen
nachtmahrschenden Hasen für Techertim Tombigby; Wasser-
bein und Gummistiebel für Bully Hayes sowohl als auch Hur-
ricane Hartigan; ein verschwenderisch Herz und gemästete
Waden für Buck Jones, den Stolz von Clonliffe; einen Laib
Brot und eines Vaters frühes Ziel für Val aus Skibereen; eine
Spritztourenkarre für Larry Doolin, Hansdampf in Bally-
clees Gassen; einen seekranken Ausflug auf einem Regierungs-

Presbys; a reiz every morning for Standfast Dick and a drop every minute for Stumblestone Davy; scruboak beads for beatified Biddy; two appletweed stools for Eva Mobbely; for Saara Philpot a jordan vale tearorne; a pretty box of Pettyfib's Powder for Eileen Aruna to whiten her teeth and outflash Helen Arhone; a whippingtop for Eddy Lawless; for Kitty Coleraine of Butterman's Lane a penny wise for her foolish pitcher; a putty shovel for Terry the Puckaun; an apotamus mask for Promoter Dunne; a niester egg with a

211 twicedated shell and a dynamight right for Pavl the Curate; a collera morbous for Mann in the Cloack; a starr and girton for Draper and Deane; for Will-of-the-Wisp and Barny-the-Bark two mangolds noble to sweeden their bitters; for Oliver Bound a way in his frey; for Seumas, thought little, a crown he feels big; a tibertine's pile with a Congoswood cross on the back for Sunny Twimjim; a praises be and spare me days for Brian the Bravo; penteplenty of pity with lubilashings of lust for Olona Lena Magdalena; for Camilla, Dromilla, Ludmilla, Mamilla, a bucket, a packet, a book and a pillow; for Nancy Shannon a Tuami brooch; for Dora Riparia Hopeandwater a cooling douche and a warmingpan; a pair of Blarney braggs for Wally Meagher; a hairpin slatepencil for Elsie Oram to scratch her toby, doing her best with her volgar fractions; an

dampfer für Teague O'Flanagan; eine Laus mit Falle für
Jerry Coyle; Pasteten aus Schmoddergehacktem für Andy
Mackenzie; einen Haarschnitt und eine Klapperbüchse für
Peter den Pennylosen; den bekannten Zwölf-Töne-Look für
G. V. Brooke; ein ertrunken Püppchen, Gesicht nach unten,
für unser sittsam Schwesterlein Anne Mortimer; Altarbehän-
ge für Blanchissens Bett; Wildairs Breechetten für Magpeg
Woppington; für Sue Dot ein Groß Auge; für Sam Dash
einen Fehltritt fein; Schlangen in Klee, sorgfältig erlesen und
unschädelig gemacht, und eines wattikannierten Vipernfän-
gers Visum für Patsy Presby; einen Ständer jeglichen Morgen
und ein Bammelchen jede Minut' für Stumblestone Davy;
einen zwergeichenen Rosenkranz für die selig gesprochene
Biddy; zwo apfelstrudlige Stuhlgänge für Eva Mobbely; für
Saara Philpot eine Tränenurne aus dem Jordanthal; ein
hübsch Büchslein Pettyfibs Puder für Eileen Aruna, die Zähne
damit sich zu weißen und Helen Arhone auszustechen; einen
Kreisel für Eddy Lawless; für Kitty Coleraine aus der Butter-
man's Lane einen Pfennnig zum Ehren für ihren albernen
Krug; einen Kittspachtel für Terry den Puckaun; eine Apota-
mus-Maske für Promotor Dunne; ei Noster Ei mit zwiefach
datierter Schale und ein Dynamitspracherecht für Pavl den
Kuraten; einen Collera-Morbus für den Mann im Manntel; 211
einen Sterne mitsamt Hosenbundt für Draper und Deane;
für Will den Irrwisch und Barny den Beller zwo Manngold-
wurzeln zur nobelln Beschwedigung ihrer Bitternisse; für Oli-
ver Bound einen Weyg in die Freyaheid'; für Seumas, ob
wenig's schon, aber doch eine Kron', die ihn dicke bedünkelt;
eines Tibertinisten Lanze und ein Kreuz aus Congoswood auf
dem Rücken für Sunny Twimjim; ein Gelobet seist du und
Gott sei mir Sünder für Brian den Bravo; dyodutzendfach
Leid mit Lubiladungen Lust für Olona Lena Magdalena; für
Camilla, Dromilla, Ludmilla, Mamilla ein Säckchen, ein
Päckchen, ein Buch und ein Deckchen; für Nancy Shannon
eine Tuami-Brosche; für Dora Riparia Hopeandwater eine
abkühlende Dusche und eine Flasche von einem Bettwärmer;

old age pension for Betty Bellezza; a bag of the blues for Funny Fitz; a *Missa pro Messa* for Taff de Taff; Jill, the spoon of a girl, for Jack, the broth of a boy; a Rogerson Crusoe's Friday fast for Caducus Angelus Rubiconstein; three hundred and sixtysix poplin tyne for revery warp in the weaver's woof for Victor Hugonot; a stiff steaded rake and good varians muck for Kate the Cleaner; a hole in the ballad for Hosty; two dozen of cradles for J. F. X. P. Coppinger; tenpounten on the pop for the daulphins born with five spoiled squibs for Infanta; a letter to last a lifetime for Maggi beyond by the ashpit; the heftiest frozenmeat woman from Lusk to Livienbad for Felim the Ferry; spas and speranza and symposium's syrup for decayed and blind and gouty Gough; a change of naves and joys of ills for Armoricus Tristram Amoor Saint Lawrence; a guillotine shirt for Reuben Redbreast and hempen suspendeats for Brennan on the Moor; an oakanknee for Conditor Sawyer and musquodoboits for Great Tropical Scott; a C3 peduncle for Karmalite Kane; a sunless map of the month, including the sword and stamps, for Shemus O'Shaun the Post; a jackal with hide for Browne but Nolan; a stonecold shoulder for Donn Joe Vance; all lock and no stable for Honorbright Merreytrickx; a big drum for Billy Dunboyne; a guilty goldeny bellows, below me blow me, for Ida Ida and a hushaby rocker, Elletrouvetout, for Who-is-silvier – Where-is-he?; whatever you like to swilly to
212 swash, Yuinness or Yennessy, Laagen or Niger, for Festus King and Roaring Peter and Frisky Shorty and Treacle Tom and O. B. Behan and Sully the Thug and Master Magrath and

ein Paar Blarney-Schlübbfrer für Wally Meagher; einen haarnadligen Schieferstifft für Elsie Oram, sich die Punze zu kratzen, während sie mit den gemeinen Brüchen ringt; eine Uraltersrente für Betty Bellezza; einen Sack Katzenjammer für Funny Fitz; eine *Missa pro Messa* für Taff de Taff; Jill, das Wichtlein von Maid, für Jack, die Wucht von 'nem Mann; ein Rogerson Crusoes Freitags-Fasten für Caducus Angelus Rubiconstein; drei Hundert und sechsundsechzig Popeline-Knoten auf jegliche Kett in des Webers Geweb für Victor den Hugonot; einen steif standfesten Rechen und gut varianischen Mist für Puttzfrauchen Kate; ein Loch in der Balladung für Hosty; zwei Dutzend Wiegen für Jesus F. Christ Coppinger; Zähnpfünder auf Leihschein für die just geborenen Daulphine mit fünf vergammelten Knallfröschen für Infanta; einen lebenslänglich haltbaren Brief für Maggi drüben bei der Aschgrube; das stärkstgebaute gefrierfleischerne Weib zwischen Lusk und Livienbad für Felim den Ferrymann; Spas und Speranza sowie Symposions-Syrup für den morsschen, blinden und gichtigen Gough; einen Navenswechsel und joyceuse Übel für Armoricus Tristram Amur Sankt Lorenz; ein Guillotinenhemde für Reuben Redbreast und hanfene Hosenträger für Brennan auf dem Moor; ein Eichenknie für Conditor Sawyer und Musquodoboiten für den Großen Tropischen Scott; einen C3-Blütenzweig für Karmalite Kane; eine sonnlose Monadskate, einschloßlich Schwärt und Berufmarken, für Shemus O'Shaun den Postler; ein aufheidternd Scheckelein für Browne sonder Nolan; eine steinkalte Schulter für Donn Joe Vance; ein Schloß ohne Schlitssel für Honorbright Merreytrickx; eine große Trommel für Billy Dunboyne; ein güldigoldenes Blase-Balg, ihr baß unters Blüsgen geblusen, und einen Eiapopeia-Schaukelstuhl, Elletrouvetout, für Wer-ist-silvier – Woist-Ehr?; was immer zu schwapp- oder kippen gefällig wär, Yuinness und Yennessy, Laagen und Niger, für Festus King 212
und Roaring Peter und Frisky Shorty und Treacle Tom und O. B. Behan und Sully den Thug und Master Magrath und Peter Cloran und O'Delawarr Rossa und Nerone MacPacem

Peter Cloran and O'Delawarr Rossa and Nerone MacPacem and whoever you chance to meet knocking around; and a pig's bladder balloon for Selina Susquehanna Stakelum. But what did she give to Pruda Ward and Katty Kanel and Peggy Quilty and Briery Brosna and Teasy Kieran and Ena Lappin and Muriel Maassy and Zusan Camac and Melissa Bradogue and Flora Ferns and Fauna Fox-Goodman and Grettna Greaney and Penelope Inglesante and Lezba Licking like Leytha Liane and Roxana Rohan with Simpatica Sohan and Una Bina Laterza and Trina La Mesme and Philomena O'Farrell and Irmak Elly and Josephine Foyle and Snakeshead Lily and Fountainoy Laura and Marie Xavier Agnes Daisy Frances de Sales Macleay? She gave them ilcka madre's daughter a moonflower und a bloodvein; but the grapes that ripe before reason to them that devide the vinedress. So on Izzy, her shamemaid, love shone befond her tears as from Shem, her penmight, life past befoul his prime.

My colonial, wardha bagful! A bakereen's dusind with tithe tillies to boot. That's what you may call a tale of a tub! And Hibernonian market! All that and more under one crinoline envelope if you dare to break the porkbarrel seal. No wonder they'd run from her pison plague. Throw us your hudson soap for the honour of Clane! The wee taste the water left. I'll raft it back, first thing in the marne. Merced mulde! Ay, and don't forget the reckitts I lohaned you. You've all the swirls your side of the current. Well, am I to blame for that if I have? Who said you're to blame for that if you have? You're a bit on the sharp side. I'm on the wide. Only snuffers' cornets drifts my way that the cracka dvine chucks out of his cassock, with her estheryear's marsh narcissus to make him recant his vanitty fair. Foul strips of his chinook's bible I do be reading, dodwell disgustered but chickled with chuckles at the tittles is drawn on the tattlepage. *Senior ga dito: Faciasi Omo! E omo fu fò.* Ho! Ho! *Senior ga dito: Faciasi Hidamo! Hidamo se*

und wen immer du zufällig triffst auf dem Rumbummel; und einen Schweinsblasenballon für Selina Susquehanna Stakelum. Doch was denn gab sie nun Pruda Ward und Katty Kanel und Peggy Quilty und Briery Brosna und Teasy Kieran und Ena Lappin und Muriel Maassy und Zusan Camac und Melissa Bradogue und Flora Ferns und Fauna Fox-Goodman und Grettna Greaney und Penelope Inglesante und Lezba Licking wie Leytha Liane und Roxana Rohan mitsamt Simpatica Sohan und Una Bina Laterza und Trina La Mesme und Philomena O'Farrell und Irmak Elly und Josephine Foyle und Snakeshead Lily und Fountainoy Laura und Marie Xavier Agnes Daisy Frances de Sales Macleay? Sie gab jedwilcka Madres Dochter eine Magerite und eine Bluterblume: doch die Trauben, die reifen vor der Raison, gab sie denen, die zeilen die Weinzucht. So schien denn auf Izzy, ihr Jammerkätzchen, die Liebe durch all ihre Tränenschleierlein, wie gleichseits von Shem, ihrem Pennmächter, das Leben wich, noch eh' er die Blüte der Jahre erreichte.

Mein lieber Herr Colonialarbeiter, watt fiern Sackvoll! Auf ein Bäckerins Dusind derart gleich anderthelbe zu schelmen! Das könnt man wahrhaftig 'ne Mär von der Tonne nennen! Und hibernonischen Markt! All das und noch mehr unter bloß einem krinolinen Hüllsel, wenn man's riskiert, das Schweinsfaß-Sigill zu brechen. Kein Wunder, daß auf und davon sie liefen vor ihr pison 's Ende de Pest. Wirf uns die Hudson-Seife herüber um Clanes willen! Das windsige Schmäckchen, wardhas Wasser uns ließ. Ich flöß es zu Rück, gleich als erstes am Murgen. Merced Mulde! Ach ja, und vergiß die Rakette nicht, die ich dir leitha. Sammtliche Strudel hast du auf deiner Seite des Strumens. Ei ja denn, doch bin ich zu scheldten dafür, wenn's so isset? Wer sagte, du werrest zu scheulten, wennesso wehra? Du bist nur ein biestchen auf der schiefen Ehbne. Ich bleib auf der breiten. Bloß Snobftabackdütchen treiben vor mir entlang, die der vercrackte Pfaffe aus seiner dwinen Soutarne schlackert, mit ihren Estherjahrs-Moornarzissen, zum Abschwur ihn zu bewegen seines Yarmarks der Eldelkel

ga facessà. Ha! Ha! And *Die Windermere Dichter* and

213 Lefanu (Sheridan's) old *House by the Coachyard* and Mill (J.) *On Woman* with *Ditto on the Floss.* Ja, a swamp for Altmuehler and a stone for his flossies! I know how racy they move his wheel. My hands are blawcauld between isker and suda like that piece of pattern chayney there, lying below. Or where is it? Lying beside the sedge I saw it. Hoangho, my sorrow, I've lost it! Aimihi! With that turbary water who could see? So near and yet so far! But O, gihon! I lovat a gabber. I could listen to maure and moravar again. Regn onder river. Flies do your float. Thick is the life for mere.

Well, you know or don't you kennet or haven't I told you every telling has a taling and that's the he and the she of it. Look, look, the dusk is growing! My branches lofty are taking root. And my cold cher's gone ashley. Fieluhr? Filou! What age is at? It saon is late. 'Tis endless now senne eye or erewone last saw Waterhouse's clogh. They took it asunder, I hurd thum sigh. When will they reassemble it? O, my back, my back, my bach! I'd want to go to Aches-les-Pains. Pingpong! There's the Belle for Sexaloitez! And Concepta de Send-us-pray! Pang! Wring out the clothes! Wring in the dew! Godavari, vert the showers! And grant thaya grace! Aman. Will we spread them here now? Ay, we will. Flip! Spread on your bank and I'll spread mine on mine. Flep! It's what I'm doing. Spread! It's churning chill. Der went is rising. I'll lay a few stones on the hostel sheets. A man and his bride embraced between them. Else I'd have sprinkled and folded them only. And I'll tie my butcher's apron here. It's suety yet. The strollers will pass it by. Six shifts, ten kerchiefs, nine to hold to the fire and this for the code, the convent napkins, twelve, one baby's shawl. Good mother Jossiph knows, she said. Whose head? Mutter snores? Deataceas! Wharnow are alle her

ton. Schmoddrige Streifen aus seiner Chinook-Bibel tu ich da lesen, dodwell davon angegottzt, doch auch begluckst und begichert ob all des Getuttels, so auf dem Dittelplatt steit. *Senior ga dito: Faciasi Omo! E omo fu fò.* Ho! Ho! *Senior ga dito: Faciasi Hidamo! Hidamo se ga facessà.* Ha! Ha! Und 213 *Die Windermere Dichter* und Lefanu (Sheridans) altes *Haus am Kirschenhof* und Mill (J.) *Über das Weib* mit *Ditto am Flosse.* Ja, einen Sumpf für den Altmühler und einen Stein für seine seidigen Flüsslein! Ich weiß doch, wie rassig sein Rad sie ihm dreien. Meine Hände sind blaykalt zwischen Isker und Sude wie jenes gemusterte Scherblein dort, was drunten liegt. Oder wo soll es lügen? Seitlich im Schilf lag's, ich sah es. Hoangho, meiner Drau, ich hab es verloren! Aimihi! Derart vermoort auch das Wasser, wer könnte was seen dabei? So nah und so fern doch! Ach, aber mark weider! Gihon! Ich liev' einen Schwattz. Und lauschen könnt ich dir mera und aubermoors. Rain onde River. Flüggt ei'm das Fließ. So siegt das Leban mir aus.

Well denn, du weißt oder kennetst du's nicht oder secchiacht's schon, jedwedes Tändzchen hat ein Schwendzchen, und das ist der Rand und die Kant davon. Schau, schau, die Dämmrung grauelt! Meine Zweiglein luftig wurzeln sich ein. Und mein kalt Chair ward aschlich. Fieluhr? Filou! Was alt is het? Bald isset späht. 's ist ennslos heer jetzt, daß yich oder yonnewer die Clogh von Waterhouse sah. Man hat sie zerlecht, ich hurde sie's saaren. Wann wird man wieder zusammen sie tun? O mein Buckel, mein Buckel, mein Bachel! Fast hätt ich Lust nach Aichz-les-Peins. Pingpong! Da glockt's zum Sexaloiten! Und Concepta de Sangue-Spritz! Peng! Wring aus die Klotten! Wring ein den Tau! Godavari, erlös uns vom Böen! Und g'wehr don Gr'nad! Aman. Wolln wir sie jetzt hier verbreiten? Yari, wir welln's. Flip! Breit du bei dir am Ufer, und ich breit meine auf meinem. Flep! Genau das mach ich. Breit! Es fröstelt kyll. Der Went streicht höher. Ich leg ein paar Stein' auf die Herbergslaken. Ein Mann und sein Bräutchen umarmten sich drin. Sonst hätt ich sie nur besprengt und gefaldelt.

childer, say? In kingdome gone or power to come or gloria be to them farther? Allalivial, allalluvial! Some here, more no more, more again lost alla stranger. I've heard tell that same brooch of the Shannons was married into a family in Spain. And all the Dunders de Dunnes in Markland's Vineland beyond Brendan's herring pool takes number nine in yangsee's

214 hats. And one of Biddy's beads went bobbing till she rounded up lost histereve with a marigold and a cobbler's candle in a side strain of a main drain of a manzinahurries off Bachelor's Walk. But all that's left to the last of the Meaghers in the loup of the years prefixed and between is one kneebuckle and two hooks in the front. Do you tell me that now? I do in troth. Orara por Orbe and poor Las Animas! Ussa, Ulla, we're umbas all! Mezha, didn't you hear it a deluge of times, ufer and ufer, respund to spond? You deed, you deed! I need, I need! It's that irrawaddyng I've stoke in my aars. It all but husheth the lethest zswound. Oronoko! What's your trouble? Is that the great Finnleader himself in his joakimono on his statue riding the high horse there forehengist? Father of Otters, it is himself! Yonne there! Isset that? On Fallareen Common? You're thinking of Astley's Amphitheayter where the bobby restrained you making sugarstuck pouts to the ghostwhite horse of the Peppers. Throw the cobwebs from your eyes, woman, and spread your washing proper! It's well I know your sort of slop. Flap! Ireland sober is Ireland stiff. Lord help you, Maria, full of grease, the load is with me! Your prayers. I sqnht zo! Madammangut! Were you lifting your elbow, tell us, glazy cheeks, in Conway's Carrigacurra canteen? Was I what, hobbledyhips? Flop! Your rere gait's

Und ich bind hier meinen Metzgerschurz an. Er ist noch ganz talgig, von Nierenfett. Spassiergänger wer'n ihn passieren. Sechs Hemden, zehn Halstücher, neun ans Feuer zu halten und dies hier für den Code, die Klosterwindeln, zwölf, ein Babyschal. Gut Mütterchen Oberin Jossiph weiß, so sagt' sie. Wie, sowas plagt sie; Matter ob rönne? Deataceas! Wörnitzt sind all ihre Kinder, sag? In vergangenem Reich oder kommender Kraft oder Gloria ihnen hinvarter? Allaliviah, Allaluviah! Manche hier, mehre nicht mehr, meehr noch verlorn indre Fremden. Ich hab da was reden hörn, dasselbe Bröschlein der Shannons wäre in eine Familie in Spanien eingeheiratet worden. Und all die Dunders de Dunnes in Marklands Weinland jenseits von Brendans Herringsteich nehmen Nummer Neun in Yanktse-Hüten. Und eine von Biddys Perlen 214
hüpfte dahin, bis auf sie rundete lotzten histernabend mit einem Ringelblümchen und einem Schusterlicht in 'ner Seitensträhne vom Hauptgedrähne eines Pflyssoirs unweit Bachelor's Walk. Doch alles, was bleibt dem letzten der Meaghers im Laube der Jahre, präfixt und betwixt, ist eine Knieschnalle vorn und zwo Angelhaken. Das sagst du mir jetzt? Das tu ich in Waagheit. Orara por Orbe und poor Las Animas! Ussa, Ulla, wir sind Umbas all! Mezha, hörtest du's nicht eine Sintflut von Malen, ufer- und ufermols, Wort anti Wort? Du tust's, so tu's! Ich mußt's, ich muß! Es liegt an dem Irrawaddyng, das in die Aarn ich mir stockte. Das stilleth mir nur noch den lethzten Lallaut. Oronoko! Wo brenta's denn? Ist das der große Finnführer selbst in seinem Joakimono, statuettlich reitend das hohe Horse dort vor Hengist? Vater der Ottern, er ist es selbst! Dort yonneseits! Das oste's? Auf Fallareen Common? Du denkest an Astleys Amphitheayter, wo dich der Bobby bezäumte, als du dem geisterweißen Roß der Peppers zuckerstenglige Schnuckelmündchen machtest. Wirf das Spinngeweb ab von den Augen, Weib, und breit die Wäsche proper! Ich kunduk dein speylicht Geschlopp, du Schlammpe. Flap! Irland nüchtern ist Irland steif. Ach helf dir doch Gott, Maria, gonadenreiche, der Herbst ist mit mir!

creakorheuman bitts your butts disagrees. Amn't I up since the damp dawn, marthared mary allacook, with Corrigan's pulse and varicoarse veins, my pramaxle smashed, Alice Jane in decline and my oneeyed mongrel twice run over, soaking and bleaching boiler rags, and sweating cold, a widow like me, for to deck my tennis champion son, the laundryman with the lavandier flannels? You won your limpopo limp fron the husky hussars when Collars and Cuffs was heir to the town and your slur gave the stink to Carlow. Holy Scamander, I sar it again! Near the golden falls. Icis on us! Seints of light! Zezere! Subdue your noise, you hamble creature! What is it but a blackburry growth or the dwyergray ass them four old codgers owns. Are you meanam Tarpey and Lyons and Gregory? I meyne now, thank all, the four of them, and the roar of them, that draves that stray in the mist and old

Johnny MacDougal along with them. Is that the Poolbeg flasher beyant, pharphar, or a fireboat coasting nyar the Kishtna or a glow I behold within a hedge or my Garry come back from the Indes? Wait till the honeying of the lune, love! Die eve, little eve, die! We see that wonder in your eye. We'll meet again, we'll part once more. The spot I'll seek if the hour you'll find. My chart shines high where the blue milk's upset. Forgivemequick, I'm going! Bubye! And you, pluck your watch, forgetmenot. Your evenlode. So save to jurna's end! My sights are swimming thicker on me by the shadows to this place. I sow home slowly now by own way, moyvalley way. Towy I tòo, rathmine.

Ah, but she was the queer old skeowsha anyhow, Anna Livia, trinkettoes! And sure he was the quare old buntz too, Dear

Du hast gut beteln. I sonth zo! Madammangott! Hast du nun
einen gehoben, heraus damit, glasige Backen, in Conways
Carrigacurra-Kantin'? Ob ich hab was, verhobbeldihüppt?
Flop! Also von hinten gangest du kriechorheumisch, doch
deine Bocken mißpassen dazu. Bin 'ch dennich auf schon, seit
die Dämmrung klammt, mariechlich gemarthate Allerköckin,
mit Corriganspuls und Krampfardaboynen, die Kinnswaa-
genachse zerbrocken, Alice Jane an Schwindsucht siech und
mein einäugjer Köter zweimal überfahren, und weiche und
bleiche das Kochgelump und schwitze mich kalt, eine Witwe
wie ich, bloß um meinen Tennis Champion Sohn auch schick
zu kleiden, den Wäschemann im Lavantel-Flanell? Du hast
dir dein Limpopo-Humpeln bei den stemmjen Hussaren ge-
holt, als Collars und Cuffs hier Trumpf warn in der Stadt
und deine Schande bis Carlow stank. Heuljer Skamander,
jetzt segre ich's klar! Nah bei den gölderen Fällen. Issis auf
uns! Seintenes Licht! Daddaare! Zähm dein Gereuß, du nidd-
rig Geschöpf! Was ist's denn als bloß ein Bremborgewechs
oder der dwyergraue Esel, der den vier alten Käuzen gehört!
Mienamst du Tarpey und Lyons und Gregory? Ich meyne
jetzt, dankmal, die viere all, und ihr röhrend Geschall, das
den Strolcher im Nebel dort treibt, und Old Johnny Mac-
Dougal mit ihnen zumal. Ist das der Blitzer von Poolbeg da 215
drüben, pharnpharn, oder ein feuerlisch Boot, küstend nahe
der Kishtna, oder ein Glimmschein, den ich seh in einer Hek-
ke, oder mein Garry, der rückkehrt von den Indus? Wart, bis
die Lune wieder honigt, mon Lieb! Stirb, Avond, Evandchen,
tauch zurück! Wir sehn das Wunder in deinem Blick. Wir
treffen uns wieder, wir trennen uns bald. Die Stelle ich such,
wenn die Stunde du schickst. Mein Cherz schleit hoch, wo die
Milch blau erfließt. Vergiebmirgeschwind, ich gehe! Viel
Glück! Und du, zupf die Uhr, vergißminnit. Dein Ebend-
liet. So sacht ans Reußens End! Die Sichte schwimmeln mir
dicker ain, bei den Schatten allume mich her. Ich schlummre
nun lahnsam heim meinen aischenen Weg, moyn' weljen
Weyg. Tas wilijach, rathmine.

Dirty Dumpling, foostherfather of fingalls and dotthergills. Gammer and gaffer we're all their gangsters. Hadn't he seven dams to wive him? And every dam had her seven crutches. And every crutch had its seven hues. And each hue had a differing cry. Sudds for me and supper for you and the doctor's bill for Joe John. Befor! Bifur! He married his markets, cheap by foul, I know, like any Etrurian Catholic Heathen, in their pinky limony creamy birnies and their turkiss indienne mauves. But at milkidmass who was the spouse? Then all that was was fair. Tys Elvenland! Teems of times and happy returns. The seim anew. Ordovico or viricordo. Anna was, Livia is, Plurabelle's to be. Northmen's thing made southfolk's place but howmulty plurators made eachone in person? Latin me that, my trinity scholard, out of eure sanscreed into oure eryan! *Hircus Civis Eblanensis!* He had buckgoat paps on him, soft ones for orphans. Ho, Lord! Twins of his bosom. Lord save us! And ho! Hey? What all men. Hot? His tittering daughters of. Whawk?

Can't hear with the waters of. The chittering waters of. Flittering bats, fieldmice bawk talk. Ho! Are you not gone ahome? What Thom Malone? Can't hear with bawk of bats, all thim liffeying waters of. Ho, talk save usy My foos won't moos. I feel als old as yonder elm. A tale told of Shaun oder Shem? All Livia's daughtersons. Dark hawks hear us. Night!

216 Night! My ho head halls. I feel as heavy as yonder stone. Tell me of John or Shaun? Who were Shem and Shaun the living sons or daughters of? Night now! Tell me, tell me, tell me, elm! Night night! Telmetale of stem or stone. Beside the rivering waters of, hitherandthithering waters of. Night!

Ah, aber jedenfalls war sie ja doch die komische alte Skeowsha, Anna Livia, Glitterzeh! Und sicherlicht war er der hämische alte Wanst auch, Der Dreckje Dumpfling, Plagevatter von Fingalls und Dotthergirls. Bepappt und bemammt, wie sind alle begängelt. Hatt er nicht sieben Vetteln, ihn zu beweibern? Und jede davon hatte sieben Krücken. Und jede Krück hatte sieben Tön'. Und jeder Ton hatt ein ander Geschrei. Schimpfe für mich und die Suppe für dich und die Rechnung vom Doc für Joe John. Befor! Bifur! Er vermählt' seine Märkte, billig per Schiebung, ich weiß, wie jeder Etrurisch Catholische Heide, in ihren rosa zitronig cremigen Birnissen und ihrem türkiss samtmalvenem Zitz. Doch dann zu Milkidsmess', wer war 's Gemahl? Da war alles, was markte, reell. Tys Elfenland! Zykliche Zeiten und glücklache Wiederzunft. Sehr erneut, euch dasselbe. Ordovico 'der viricordo. Anna war, Livia ist, Purabelle wird sein. Der Nordmänner Thing machet Südvolks Platz, doch wieviel Verfältger macht' jeder persönlich? Lateine mir das, mein trinierter Scholar, aus eurem Sanscredo in onser Irrisch! *Hircus Civis Eblanensis!* Bockziegentitten hatt er an sich, weiche für Waisen. Ho, Herr! Zwillinge seines Busens. Herrrett uns! Und ho! He? Was all' Mann. Watt? Seine titternden Töchter der. Waag?

Kaum hör ich mehr bei den Wassern der. Den schütternden
Wassern der. Fleddernd Gewisch, Felldmäus' vergraulen 's
Geplausch. Ho! Warst du noch nicht davon? Was, Richter
John? Kaum hör'ch mehr beim graulen Gemausel, all die lif-
feygen Wasser der. Ho, hör redd uns! Die Füß so müß. Alt ist
es mir wie yonner Stamm. Ein' Flußtermär von Shaun oder
Shem? All Livias Töchtersöhn'. Kolkfalken ohrn uns. Nacht!
Nacht! Mein ho Haupt hallt. Mir ist so schwere wie yonner 216
Stoan. Raunst du von John oder Shaun? Wer warn Shem
und Shaun, die lebenden Söhn' oder Töchter der? Nacht nun!
Raun mir, raun mir, raun mir, Baum! Nacht Nacht! Mehr-
mirmär von Stamm und Stoan. Zuseiten den flüssernden Was-
sern der, lispelndundwispernden Wassern der. Nacht!

Nachbemerkung

Der vorliegende Band bringt fast sämtliche Gedichte von James Joyce, also sowohl die von ihm selbst publizierten wie die zu Lebzeiten nicht publizierten. Ganz wenige, unerhebliche Stücke sind weggelassen. Bedauerlich ist höchstens das Fehlen eines Gedichts – ›A Portrait of the Artist as an Ancient Mariner‹ (1932). Dieses fast unverständliche Gedicht hat zum Thema einige Tücken der *Ulysses*-Publikation wie etwa die Piratendrucke; es hat als formales Gerüst Coleridges ›Rime of the Ancient Mariner‹. Bis ins kleinste entwirren ließ das Gedicht sich nicht, und die formale Strukturierung wäre für deutsche Leser ohnehin nicht erkennbar. Der Arbeitsaufwand hätte in gar keinem Verhältnis gestanden zu einem irgendwie akzeptablen Resultat. Das gleiche gilt leider auch für das Pamphlet ›From a Banned Writer to a Banned Singer‹: die zahllosen notwendigen Annotationen zu einer völlig ephemeren Geschichte und deren Verarbeitung in den Text hätten kaum die Doppelanstrengung des Übersetzens und des Lesens gerechtfertigt.

Eine annähernd vollständige oder zuverlässige Ausgabe der Gedichte fehlt. Die *Collected Poems* (Viking Press, New York 1957) enthalten nur die beiden Sammlungen sowie ›Ecce Puer‹. So liegt unserem Band die bisher vollständigste, wenn auch wenig zuverlässige, englisch-italienische Ausgabe von Mondadori (1961) zugrunde. Verglichen wurden diese Texte mit den bei Richard Ellmann, *James Joyce* (zuerst New York 1959), abgedruckten. In Zweifelsfällen wurden Handschriften und Typoskripte nach dem James Joyce Archive herangezogen: *Chamber Music, Pomes Penyeach and Occasional Verse. A Facsimile of Manuscripts, Typescripts and Proofs,* Prefaced and Arranged by A. Walton Litz, Garland Publishing, New York und London 1978.

K. R., F. S.

Alphabetisches Verzeichnis der englischen Gedichtanfänge und Überschriften

Alphabetisches Verzeichnis der deutschen Gedichtanfänge und Überschriften

Gesamtinhaltsverzeichnis

James Joyce
Frankfurter Ausgabe
Werke

1
Dubliner

2
Stephen der Held
Ein Porträt des Künstlers als junger Mann

3
Ulysses

4.1
Kleine Schriften

4.2
Gesammelte Gedichte

5
Briefe I · 1900-1916

6
Briefe II · 1917-1930

7
Briefe III · 1931-1941